「悦いか？　これが悦いか？」

突かれるたびに、腰が跳ね上がる。

「んっ、あ、あぁ、あぁあ……」

「悦いと言うんだ」

マルスランは深々と挿入したまま、
大きく胎内を掻き回した。

二年後に死ぬ王女ですが、政略結婚した国王に溺愛されています

すずね凜

Vanilla文庫

二年後に死ぬ王女ですが、政略結婚した国王に溺愛されています

contents

イラスト／れの子

序章

「これは——我が国始まって以来の未曽有《みぞう》の災害だ」

カルタニア王国の若き国王マルスランは、各自治体から上がってきた報告書を読み終えると、大きくため息をついた。

「なにかよい手立てはないものか？　国庫に追加予算が欲しい」

国王専用の執務室で、マルスランは天を仰《あお》ぐ。

彼がこれほどまでに追い詰められたのは、国王就任以来のことだ。


マルスランは当年二十八歳、燃えるような赤い髪に黄金色の瞳の野生的な美貌、すらりとした長身の持ち主だ。容姿ばかりではなく、学問にも武芸にも秀でている。

マルスランは、これまではこれといった特徴のない小国に過ぎなかったカルタニアを、十八歳で王位に就いてからわずか十年足らずで、経済新興国にまで押し上げた。

農業国なのに山岳地帯で平地が少ないため、農産物の収穫高はずっと横ばいであった。

前国王は、資源を確保するために他国へ侵略する政策を押し進めてきた。だが、マルスランは戦争を嫌い、国中を調査させ、山々の地下に広く鉱脈が眠っていることを突き止めた。彼は国中に鉱山を作らせ、鉱物の採掘に力を入れた。石炭、金、銀、銅、亜鉛、硫黄など豊富な鉱物が産出されるようになり、それはカルタニア王国の重要な輸出品となった。他国との交易が活発になり、カルタニア王国の経済は飛躍的に伸びたのだ。

マルスランの功績に、彼はカルタニア王国建国以来の稀代《きたい》の名君になるだろうと、周囲の者たちからは誉め称えられた。

だが――。

去年、国全体に悪天候が続き、繰り返し大きな嵐に見舞われた。

その結果、大雨が続き山々の地盤が緩み、あちこちで山崩れが起きた。各地の鉱山で落盤事故が相次ぎ、多くの死傷者が出た。各地の鉱山が崩壊し、採掘が不可能になってしまったのだ。

鉱山復旧には莫大な費用が必要で、国家予算は逼迫《ひっぱく》した。

「陛下、このままでは鉱山復旧の目処が立ちません。ここは国民総動員で国を立て直すため、物品税や所得税を引き上げるしかありますまい」

国王専用の執務室で、同じ報告書を読んでいたサザール宰相は、マルスランに意見した。

サザール宰相は、マルスランの父王の時代から宰相を務める古参である。彼は前王朝の古い血筋の家系の出で、当主は代々国王の補佐役として仕えていた。しかし、いささか前時代的な思考をするサザール宰相と若いマルスランとは、意見の食い違いも多い。

マルスランは艶《つや》やかな赤毛をくしゃくしゃと掻《か》き回す。

「税金の引き上げ——いや、それだけは避けたい。民たちの生活を逼迫させることだけは、したくない。それに、いっとき予算が潤っても、結局は国力低下に繋がるだろう。そうなると、隣国ダーレンが黙ってはいまい。彼《か》の国の王は、我が国の資源を虎視《こし》眈々《たんたん》と狙っているからな」

サザール宰相はうなずく。

「確かに。ダーレン王国の動向は要注意ですな——しかし、我が国は早急に追加予算が必要です」

「その通りなのだが——国王の私にできることは、他になにかないだろうか?」

マルスランが苦渋《くじゅう》に満ちた声を出す。

うつむいてしばし考えていたサザール宰相が、思いついたように顔を上げる。

「どうでしょう?　陛下が裕福な国の王女と、政略結婚をなさるというのは?」

マルスランは目を丸くした。

「私が結婚だと⁉」

「左様です。陛下はまだお若くお独り身です。容姿も才知も申し分ありません」

「持参金目当ての結婚か。しかし――我が国の窮状を救うために嫁ごうとする奇特な王女など、いるものか？」

「それがですな――東のオリオール王国をご存知でしょうか？」

「ああ。肥沃《ひよく》で広大な領地と穏やかな気候に恵まれ、農作物が豊富に産出される国だな。確かにあそこは裕福だが――」

「オリオール国王には、もうすぐ十八になられる一人娘の王女がおられるのですが、どうやら生まれながらに不治の病に罹《かか》られており、短命であるという噂です。確か余命があと二年、と聞いております」

「そうなのか？」

「オリオール国王は、王女を目に入れても痛くないほど溺愛していると評判です。その王女に結婚を申し込むというのはいかがでしょう？」

　マルスランはわずかに顔をしかめる。

「死ぬとわかっている乙女と結婚するのか？」

「なに、二年の間だけオリオール王国に後押ししてもらえれば、我が国は立ち直りましょう。二年あれば充分です」

「ふむ――」

マルスランは腕組みして考え込む。

自国を興すことだけに力を注いできて、正直これまで女性にはあまり興味はなかった。色恋の経験も皆無だ。

年頃なので、そろそろ結婚の話も持ち上がっていた。国王の結婚など、後継を成すためにするものだと割り切っていた。国益になるのなら、政略結婚をすることにも抵抗はない。

ただ——余命二年という悲運な王女を利用するということに、少しだけ心が痛んだ。だが自国の状況は切羽詰《せっぱつ》まっている。

ここは腹を括《くく》るしかない。

マルスランは腕を解いて、強い口調で言った。

「よし。オリオール王国へ、婚姻の話を打診してみろ。断られてもダメ元だ。私は国のためなら、どんなことでもする覚悟だ」

「御意。早速早馬で彼の国に使いを出します」

サザール宰相が急ぎ足で執務室を退出した。

一人になったマルスランは、窓際に寄るとじっと空を見つめた。

「余命二年、とは」

おそらくひどく病弱なのだろう。

もし、この結婚が決まり王女が嫁いできても、まともに相手をする必要もないだろう。

よい医者を付け、清潔な病室をあてがってやろう。きちんと最期まで責任を持って看護させよう。

彼女には気の毒だが、せいぜい我が国のために利用させてもらう。


その晩のことである。

マルスランは深夜まで執務室に残って、残務処理をしていた。

少し疲れが出たのか、つい、うとうととしてしまう。

そこへ、足音を忍ばせて誰かが入ってきたような気がした。

「遅い時間に失礼します、王子殿下」

澄んだ青年の声がした。マルスランは書類から顔を上げ、ふっと柔《やわ》らかな表情になる。

気がつくと、十代の頃の自分の姿になっていた。

そして、ああ——これは昔の思い出の夢を見ているのだな、と気がつく。


「——カルロか？」

「は」

白いガウン風の衣装を纏《まと》った、長身で長い銀髪の青年が目の前に現れる。左手にはトネリコの枝の長い杖《つえ》を持っていた。

「出立しようかと思い、ご挨拶《あいさつ》に参りました」

カルロの言葉に、まだ王子であるマルスランは立ち上がって彼に近寄った。そして、親しみを込めてカルロの両手を握る。

「残念だ。偉大なる魔法使いのあなたには、ずっとこの国にいて欲しかったのだが。父上があなたを永久追放するなど、あり得ぬ。私にもっと権力があれば、全力で阻止したものを——そもそも、敵を殲滅《せんめつ》するためにあなたの魔法を使えと命じるなど、人として傲岸《ごうがん》不遜《ふそん》の極みだ」

カルロは涼やかな目元を細めて笑みを浮かべる。

「仕方ありません。私は魔術を人殺しの道具に使う気は毛頭ありませんから。私も王子殿下には懇意にしていただき、大変な恩義を感じております。それゆえに、国王陛下と殿下との仲をこれ以上拗《こじ》らせないためにも、この国を出て行こうと思うのです」

この大陸には、魔法使いが数多く存在していた。優秀な魔法使いは各国に雇われ、魔術を使って様々な働きをしていた。カルロは大陸でただ一人一級魔法使いの資格を持っている。他の魔法使いにはできない高度な魔法を、自在に使いこなすことができた。

彼は父王に雇われ、長いことこの国に仕えていた。マルスランが幼い頃からの友人だ。

見かけは端整な青年の風貌をしているが、カルロの本当の年齢を知る者はいない。百歳を超えているとも、不死ではないかという噂もある。

これまでカルロは、魔法を駆使してカルタニア王国の様々な危機を救ってくれた。だが、今回、父王に戦争の最前線で敵を壊滅させるために魔術を使えと命じられ、彼はそれに反発した。激怒した父王に、カルロは追放されることとなったのだ。

マルスランは懸命に引き留《と》めたが、カルロの意思は固かった。

「どうか身体に気をつけて。私がこの国の王になった暁《あかつき》には、あなたを必ず呼び戻したい。あなたは私の盟友だ」

マルスランの心のこもった言葉に、カルロは恭《うやうや》しく頭を下げた。

「ありがたいお言葉です。でも——私は根っからの放浪者。確約はできません」

マルスランはうなずく。

「そうだな。あなたは自由な魂を持つお方だ。好きに生きるがいいだろう。どこにいても、私はあなたのことを思っている」

カルロはゆっくりと頭を上げた。

「私もです——おや？」

カルロは片眉をかすかに上げる。

「殿下、なにかよい予兆があなたから感じられます」

「よい予兆だと？」

「はい。いつか、とても明るく眩《まぶ》しい光に包まれた運命が、東から訪れます」

「なんだ？　いつかだと？　それは？」

カルロは首を傾げる。

「さあ、そこまではわかりません。でもその邂逅《かいこう》は、殿下を変えていくでしょう――殿下に足りないものを、その者は持っています」

「私に足りないもの？　それはなんだ？」

カルロは涼やかに微笑み、首を振る。

「それは、巡り会ったときにわかるでしょう――では、そろそろおいとまします」

カルロはわずかに身を引くと、左手に持った杖を軽く振った。

「エク、ルバ、モイ」

呪文と共に、カルロの姿が靄《もや》に包まれる。

「カルロ、必ず手紙をくれ。元気でいてくれ。いつかまた会おう」

マルスランは薄れていくカルロの姿に惜別《せきべつ》の言葉を告げる。

「はい。いつか、また」

声だけ残し、カルロは消え去った。

「――」

一人だけになったマルスランは、その場に立ち尽くしていた。この国で、カルロは数少ないマルスランが心許せる人間だった。寂寥《せきりょう》感が胸に溢《あふ》れてくる。

「私が変わる――だと？」

彼は口の中で懐疑的につぶやいた。


がくっと首が垂れて、マルスランはハッと目を覚ました。執務室の机に突っ伏して、眠り込んでしまったのだ。

現実に戻った。

「カルロの夢は、しばらく見ていなかったな」

マルスランは頭を軽く振り、ゆっくりと立ち上がると窓辺に立った。

「眩しく光に包まれた運命――」

そんな運命が、本当に訪れるのだろうか。


カルタニア側からの婚姻の打診に、オリオール王国は三日後には承諾の返事を寄越してきた。

マルスラン自身はこの結婚話にそれほど期待していなかったので、相手側が快諾したことに少し驚いた。が、これで金銭的な後ろ盾が確保できそうなので、ほっと胸を撫《な》で下ろした。

サザール宰相に命じて、直《ただ》ちに婚約の手筈《てはず》を整えさせた。

結婚話はとんとん拍子に進んだ。

双方、急ぐ理由があったからだろう。

オリオール王国側は、寿命の決まっている王女を、一刻も早く輿入《こしい》れさせたいという意向だった。あちら側の条件としては、王女を最期まで妻として尊重し何不自由ない暮らしをさせ丁重に扱《あつか》って欲しい、というものであった。さすれば、オリオール王国はカルタニア王国の後ろ盾になり支援することを約束するという。マルスランは元よりそのつもりであった。王女は病弱であろうから、医療設備だけはぬかりなく準備させた。

かくして——。

ひと月後には、オリオール王国の第一王女エディットが、カルタニア王国の王マルスランのもとへ輿入れしてくることとなったのである。


エディット王女が到着する時刻——。

マルスランは礼装に身を包み、城の正門前で臣下たちを従えて待ち受けていた。エディット王女を、できるだけ丁重に迎えたいと思っていた。それは無論、オリオール王国側との約束でもあったが、余命二年の病弱な王女を支援目当てで娶《めと》ることに対する、自責の念もあった。

「いいか、御一行が到着されたら、直ちに王女殿下は車椅子にお乗せして、用意してある病室へご案内しろ。侍医と看護師は、王女殿下の容体には二十四時間体制で注意を怠《おこた》らぬようにな」

マルスランは後ろに控えている侍従や医師たちに厳命した。

やがて、城への坂道を上ってくる一行が見えてきた。

先頭は立派な馬に跨《また》がったオリオール王国の旗持ちである。

その後に、警護の衛兵たちに幾重にも守られて、四頭立ての豪華な馬車が現れた。輿入れのために用意されたのか、新品で非常に贅を尽くした馬車だ。その後に嫁入り道具を積んだ馬車が何台も続いている。

いかにも裕福な大国らしい輿入れの行列だ。

オリオール王国一行が、マルスランたちの前で停止した。

マルスランは素早く前に進み出た。

そして、四頭立ての馬車の前で恭しく跪《ひざまず》いた。

「ようこそ参られた、エディット王女殿下。私が、この国の王マルスランです。遠路はるばるお疲れでございましょう。車椅子を用意してありますので、それにお乗せして清潔なお部屋にご案内します。まずはゆっくりと、そこでお休みになられるとよろしいでしょう」

マルスランは背後に控えていた医師と看護師たちに合図しようとした。

すると、馬車の中からがたがたと扉を揺する音がした。

「早く、早く！　マチルド、ここを開けて、早く、開けてちょうだい！」

鈴を振るような可愛《かわい》らしい声だ。しかも元気で弾けるような声量だ。

「は、はい、姫様、ただいま。お待ちください」

後ろの馬車から一人の中年の侍女が転げるように降りてきた。服装から見て、位の高い侍女のようだ。彼女の指示で、衛兵たちが馬車の扉の前に階を設える。

マチルドと呼ばれた侍女が、馬車の中に話しかける。

「姫様、開けますよ」

マルスランは、あっと思う。

「お待ちください。今、車椅子を――」

言い終わるより早く、マチルドが扉を開いた。

中から、目にも鮮やかな黄色いシフォンドレスに身を包んだ少女が、ぱっと飛び出してきた。

「ああ、とうとう着いたのね！」

少女は介添えも待たず、階をととんと勢いよく下りてきた。

勢いよすぎて、最後の一段で足を踏み外してしまう。

「きゃあっ」

「危ないっ」

マルスランはとっさに飛び出して、彼女を受け止めた。

ふわりと甘い花の香りがした。

少女は羽のように軽かった。手の中に、美しい黄色い蝶々が飛び込んできたような気がした。

「まあ！　マルスラン陛下ですか？」

少女が頬を染めて見上げてくる。

蜜色のくるくる巻き毛、こぼれ落ちそうなほどぱっちりとした水色の目、色白で小作りな顔は人形のように整っている。小柄だが、全身はち切れんばかりの活力に満ちていた。

少女は目をキラキラさせた。

「失礼しました。私、エディット・オリオールです。本日、陛下に嫁いできました。よろしくお願いします！」

マルスランは予想していた王女のイメージとあまりにもかけ離れたエディットの姿に、声を失ってしまう。今にも死にそうな、青白い陰気な乙女を想像していたからだ。

「陛下、すごくハンサム！　肖像画の百倍素敵！　ああ、こんな素敵な王様の妻になれるなんて、うふふ、私、すごく幸せです！」

エディットは太陽みたいに明るい笑顔を浮かべる。

マルスランの心はその瞬間、鷲摑《わしづか》みにされたようにきゅんと甘く疼《うず》いた。

マルスランはエディットをそっと地面に下ろした。彼女は、マルスランの胸あたりまでしか背丈がなかった。

エディットは興味津々《きょうみしんしん》といった様子で、周囲を見回している。

マルスランは改めてエディットの前に跪く。

「エディット王女殿下。初めまして。改めて、私はマルスラン・アーロンです。どうぞ、車椅子に乗って城内へお入りください。清潔で広い病室を準備させております。ゆっくりと静養を――」

エディットは首をぶんぶんと横に振る。

「ぜんぜん、疲れてなんかいません、陛下。早くお城の中を案内してくださいな。私楽しみで楽しみで、ずっとワクワクしていたんです！」

エディットは焦《じ》れったそうにマルスランの袖を引いた。まるで駄々っ子だ。だが、少しも不快ではない。

「あ、いや、しかし、ご無理は――」

「無理なんかしてません」

エディットはぷっくりと赤い唇をつんと突き出す。その仕草が、愛らしい小動物のようだ。

「でも、時間が惜しいのです」

マルスランはハッとする。彼女の言葉は切実に響いた。

「わかりました。少しだけ城内をご案内しましょう。でも、具合が悪くなったら遠慮なくおっしゃってください」

マルスランは素早く立ち上がった。エディットに向けて自分の右肘を差し出すと、彼女は遠慮がちに自分の左手を差し入れてきた。

「うふ――殿方にこんな風にエスコートされるのが夢でした」

彼女が頬をほんのり赤らめて見上げてくる。

「もう少し、私に体重をおかけください。その方が歩くのが楽です」

「こ、こうかしら?」

エディットがわずかに身体を寄せてきた。彼女の柔らかな胸元が腕に当たり、マルスランは身体の芯がざわつくのを感じた。あどけない顔をしているが、意外に女性らしい身体つきをしているようだ。慌《あわ》ててそんな邪念を振り払い、気を取り直す。

「正面玄関ロビーへの階段は、十五段あります。足元に気をつけて」

声を掛けながら、二人でゆっくりと階段を上り、玄関ロビーに入る。

「うわあ……」

エディットが吹き抜けの天井を見上げ、歓声を上げる。

「これが、カルタニア城で有名な吹き抜け天窓ですね。光がいっぱい入ってきてすごく明るいわ。ほら、陛下、光の帯の中でチリがキラキラ踊ってる、なんて綺麗《きれい》なの」

チリひとつで感動するのか。

マルスランは今まで、そんな光景があることすら気がつかないで過ごしていたのに。

「あ、あれは——」

エディットはなにかを見つけてぱっと手を離すと、玄関ロビーの中央に鎮座している巨大な獅子の彫像《ちょうぞう》に向かって走っていく。

「王女殿下、そんなに急いではなりません——」

マルスランは慌てて追いかけながら、大理石の床でエディットが転びはしないかと、ハラハラした。

だがエディットは存外機敏な動きで獅子像まで辿り着くと、まじまじと見つめた。

「これですね。カルタニア王国の象徴。勝利の獅子の像。この国が建国されたときに造られて、以来、お城と国の守護神としてここに置かれているんですよね」

エディットは、背伸びして手を伸ばし獅子像の鼻面に触れた。

「この鼻に触れると、幸運が来るって言い伝えがあるんでしょう？　わあ、ここだけツルツルピカピカに光ってるわ。きっとお城を訪れた何千何万もの人々が、触っていったのね」

エディットの背後に立ったマルスランは、彼女がカルタニア王国について非常に詳しいことに驚かされていた。

「王女殿下――あなたに説明することはなにもなさそうだ」

エディットは背中を向けたまま、くすくす笑う。

「だって、今日からこの国が私の祖国になるんですもの。一生懸命、勉強してきました」

輿入れ準備にひと月ほどしかなかったのに、よく学んできたものだ。

「ああ、ずっと馬車に揺られてたから、お腹も空《す》きました。カルタニア王国の名物料理、柏《かしわ》の葉で包んだお米の料理を食べてみたいわ」

「では、晩餐《ばんさん》にはその料理をお出しするように料理長に命じよう――しかし」

実のところ、重病人を想定していたので、エディットの食事はスープや粥類しか厨房に指示していなかった。マルスランは少し懐疑的な口調になってしまった。

「王女殿下。失礼ながら、あなたはとても健康的でお元気そうにお見受けするが――」

「とても、今にも死にそうな病人には見えないですか？」

エディットが口を挟んだ。

彼女がくるりと振り返った。口元から笑いが消えていた。

「でもね。陛下。私は死ぬんです」

それまでの明るかった口調が、ふいに真剣なものになった。

マルスランはどきりとする。

能天気なほど明るいエディットの、心の奥底の暗闇を一瞬覗いたような気がした。

言葉を失ったマルスランに、エディットは一転、真夏の太陽のようににっこりと笑う。

「確実に、二年後に死にます。うふ、それはお約束します」

「——」

マルスランは答えようがなかった。

あっけらかんとしたエディットの笑顔と裏腹な、さくらんぼのように可憐《かれん》な唇から紡《つむ》ぎ出される言葉の重さが、胸に迫るものがあった。

天窓から差し込む光がエディットを照らし出し、キラキラ光るチリは彼女の周りを黄金色に包み込む。

まるで空から舞い降りた天使のようだ。

マルスランは思わず見惚《みほ》れてしまっていた。

第一章　二年後に死ぬ王女ですが、政略結婚します

——それは十九年前のことである。

オリオール王国の若き国王ルーシアは、ハンサムで正義感に溢《あふ》れた男であった。彼は鹿狩りの最中、獲物を深追いして森の奥へ迷い込んでしまった。

そこで彼は、巨大な熊の魔獣に襲われていた瀕死の女性に遭遇する。ルーシア王は弓の名手であり、狙いを定め見事魔獣の額を射貫《いぬ》き、これを討伐した。

救い出した女は深い森に住む魔法使いであった。薬草採りに夢中になり、うっかり魔法の杖《つえ》を手元から離したところを、凶暴な魔獣に襲われたという。

彼女は勇敢で容姿端麗なルーシア王に、ひと目で恋に落ちてしまう。

魔女はルーシア王に、もし自分を妻にすれば、世界の覇権と永久的な命を与えようと持ちかける。

しかし、ルーシア王には心から愛する王妃ともうすぐ生まれるはずの子どもがおり、魔女の誘惑には乗らなかった。彼は誠実な態度で魔女の求愛を断る。

だが、魔女は恋の逆恨みから、ルーシア王の愛する者たちを憎悪した。

彼女は突如、オリオール城のルーシア王の前に出現する。

魔女は憎々しげにルーシア王に告げた。

「王よ、我が愛を拒んだ罰じゃ。お前の愛する者たちに呪いを掛けた。王妃は赤ん坊の命と引き換えに命を落とすだろう。そして、生まれた子どもは二十歳で心臓が止まるだろう。子どもの胸には、四年ごとに赤い花びらが刻印され、それが五枚になるとき、子どもは死ぬのだ。愛《いと》しい娘がじわじわと死ぬところを、なすすべなく見ているがいい！」

そのまま魔女はどこへともなく消え去った。

ルーシア王は大変な衝撃を受けた。

国中から魔法使いを呼び集め、王妃に掛けられた呪いを解くように命じた。だが、魔法使いたちは誰一人、その強い呪いを解くことができなかった。

月が満ち、王妃は美しい女の子を産み落とした。が、魔女の予言通り、産後の肥立ちが悪く命を落としてしまう。ルーシア王は悲しみに沈んだ。

幸い、エディットと名付けられた赤ん坊はとても丈夫で、風邪ひとつ引かず健やかに成長した。ルーシア王は、魔女の呪いの予言がまやかしであるかもしれないと思い始めた。

その矢先、四歳の誕生日に、エディットの左胸の心臓がある部分の肌の上に、一枚の赤い花びらの模様が浮き出たのである。ルーシア王が魔法使いたちに診させると、その赤い花びらには強固な呪いが封じ込められていることが判明した。

魔女の呪いは真実だったのだ。

そして、予言通り四年ごとに、エディットの胸には赤い花びら模様の痣《あざ》の数が増えていった。

ルーシア王は悲嘆と絶望の中で、次期王位は王弟に継がせることに決め、限られた命の一人娘のエディットを幸せにすることに心血を注いだ。

エディットは呪いを受けた身で、成長していったのだ。

八歳の誕生日を迎えたとき、ルーシア王はエディットに真実を告げた。悩み抜いての苦《く》渋《じゅう》の決断であった。娘に限られた命を大切に使って欲しいという一心からであった。

「ほんとうにすまない、エディット。なにもかもこの父のせいだ。許してくれ」

涙を浮かべて許しを乞《こ》うルーシア王に、幼いエディットはぎゅっと抱きついた。

「泣かないで、父上。私、一日一日を大事にします。いつもいつも、楽しいことだけを考えます。最後の日まで、ずーっと幸せでいたいの」

心優しく健気な娘の言葉に、ルーシア王は号泣して抱き返す。

「この世の醜《みにく》いもの、悲しいもの、恐ろしいもの、すべてからお前を守ろう。そのためには、父はどんなことでもする」

ルーシア王はエディットを溺愛し、彼女の望むことはなんでも叶えようとした。

エディットはのびのびと明るい娘に育った。明朗で笑顔を絶やさない愛らしい王女は、臣下や使用人や兵士たち、誰からも愛された。

誰もが、この美しく快活な王女がわずか二十歳で死ぬという理不尽さに、内心は憤慨《ふんがい》し涙していた。

ルーシア王も、若い王女が恋も知らず、結婚もすることもなく人生を終えてしまうのが不憫《ふびん》でならなかった。エディットの呪いを解くべく、手を尽くして魔女の行方も探させたが、まったく行方はわからないままだ。

そんな折、突然、西のカルタニア王国からエディットとの婚姻の打診が来たのである。エディットがもうすぐ十八歳になろうというときであった。

エディットは、いつものように城の内庭で、侍女たちと戯《たわむ》れていた。その日は鬼ごっこに興じていた。

「うふふ、鬼さんこちら、こっち、こっちよ」

エディットはころころと笑い転げながら、スカートの裾《すそ》を摘《つま》んで軽快に走り回る。

「ああ姫様は、まるで風のようです。とても捕まえられません」

鬼になったマチルドは、ぜいぜいと息を切らして音《ね》を上げた。

「あらあら、だらしないわね。マチルドは。しょうがないわ、今度は私が鬼に――」

そこへ、城内から使いの者が慌《あわ》ただしく現れた。

「王女殿下、国王陛下がお呼びです。急ぎ、陛下の私室へお向かいください」

「父上が？　なにかしら」

エディットは慌ててスカートを直すと、マチルドに声を掛ける。

「行きましょう」

国王の私室の前に辿り着くと、マチルドが扉をノックした。

「陛下、姫様がいらっしゃいました」

「エディットだけ、入りなさい」

中からルーシア王の重々しい声がした。

「失礼します、父上。どうなさったの？」

エディットは扉を開けて中に入ると、窓際で深刻そうな顔をして立っているルーシア王に声を掛ける。

ルーシア王はゆっくりと振り返った。

「エディット、こちらへおいで」

「はい」

近づくと、ルーシア王は愛《いと》おしげにエディットの両手を握った。

「よく聞いて欲しい。実は、西の新興国カルタニアの王から、お前に結婚が申し込まれたのだ」

　思いもかけないことに、エディットは目を丸くした。

「結婚、ですか？　この私に？」

「そうだ」

　エディットは思わず吹き出してしまう。

「いやだわ父上、なにかの間違いでしょう？　私、二年後には死んでしまうんですよ？

そんな期限付きの王女を、妻に欲しがる王がいますか？」

　ルーシア王は痛ましげな表情になる。

「だが、相手の王はお前の不治の病のことを承知で、娶《めと》りたいというのだ」

　エディットは目をぱちぱちさせた。

「それって……？」

「カルタニア王国は、先年立て続けの大嵐で甚大な被害を被《こうむ》ったという。復興のためには
莫大な費用がかかり、国庫が逼迫《ひっぱく》しているらしい。それでおそらく、彼《か》の王はお前に目を
付けたのであろう」

　エディットは腑《ふ》に落ちた。

「要するに、カルタニア国王は我が国の支援が目当てなのですね」

「お前は聡明な娘だな。その通りだ。本来なら、こんなあからさまな政略結婚の申し込み

など、一蹴《いっしゅう》するところなのだが――だが、お前は――」

ルーシア王は言い淀《よど》んだ。

エディットは平然と言葉を引き取る。

「私が結婚もできずに死んでしまうことを、父上は不憫にお感じなのですね？」

ルーシア王は辛《つら》そうな顔で目を伏せる。

「そうだ――カルタニア国王は若く容姿端麗で聡明な男だと聞く。たとえ我が国の支援目当てだとしても、きっとお前のことは丁重に扱《あつか》ってくれるだろう。私はお前に、年頃の娘らしい幸せをなにも与えられない。せめて、短い結婚生活でも味わわせてやりたい――」

ルーシア王は声を震《ふる》わせた。

エディットは父の親心が痛いほどわかった。エディットが生まれて以来、父はずっと自責の念に苦しんでいる。その姿をそばで見ているのは、とても心苦しいことだった。

エディットはルーシア王の手をぎゅっと握り返し、朗《ほが》らかな声で言った。

「こんな私が結婚できるなんて、夢みたいだわ、父上。しかもお相手は、若くてハンサムな国王陛下なんでしょう？　ぜひ、この結婚を受けさせてください」

ルーシア王が顔を上げ、エディットの顔をじっと見た。

「お前は、それでいいかい？」

エディットはにっこり笑う。

「もちろんです！　死ぬまで国を出ることはないと思っていたのに、異国へ嫁げるなんて、なんて素敵！　ウェディングドレスを着るのも夢でした。今からすごくワクワクします」

ルーシア王はそっとエディットを抱き寄せた。

「お前が不自由しないよう、支援はいくらでもしよう。父にできることは、これくらいしかない。許してくれ」

エディットはあやすように父の背中を撫《な》でた。

「もう父上ったら、謝ってばかり。娘が結婚するんですよ、そこは明るく祝ってくださいな」

「ああそうだ、お前の言う通りだな」

ルーシア王は目に光るものを浮かべながらも、微笑んだ。

「急ぎこの婚姻を進めよう。エディット、結婚おめでとう」

「ありがとうございます、父上」

父娘は万感の思いで見つめ合った。

かくして――エディットとカルタニア王国の王マルスランとの婚約が成立したのである。

その後、両国の間で慌ただしく結婚の支度が整えられた。婚約が成立してからひと月後には、エディットは輿入《こしい》れすることとなった。

エディットはできる限りのカルタニア王国の情報を集めさせ、国王マルスランとカルタニア王国についての知識を頭に詰め込んだ。

マルスランは若く容姿端麗、才気《さいき》煥発《かんぱつ》な人物という評判で、これまで異性とほとんど接触する機会のなかった初心《うぶ》なエディットは、彼に対する憧憬《しょうけい》を深くしていった。

自分の人生には、恋も結婚も縁のないものだと思っていた。

だから、わずか二年の結婚生活を、できる限り充実したものにしたい。

あれもしたいこれもしよう——エディットの頭の中は結婚生活に対する甘い夢でいっぱいになっていた。

こうしてエディットは乙女らしい憧れで胸を膨らませ、カルタニア王国へ旅立ったのだ。

生まれて初めて祖国を出ての旅は、見るもの聞くものすべてが初めてではしゃいでばかりいた。

カルタニア王国へ到着する頃には、エディットの興奮は最高潮に達していたと言っても過言ではない。

迎えに出ていたマルスランと対面したときには、想像よりずっと格好よく礼儀正しく素敵な姿にまた頭に血が上った。

すっかり舞い上がってしまったと言っていい。

彼にエスコートされて城内に入るまで、ウキウキ気分だった。

でも――。

次第に、マルスランが戸惑《とまど》っていることを強く感じ始めた。

おそらく彼は、今にも死にそうな病弱な乙女を想像していたのだろう。

『王女殿下。失礼ながら、あなたはとても健康的でお元気そうにお見受けするが――』

とても二年後に死にそうに見えない。寿命は偽りではないのか？　――そういう意味合いのことを言われたとき、一瞬頭から冷水を浴びせられたような気持ちになった。

彼にとっては、支援目当ての政略結婚以上の意味はないのだ。きっとマルスランは、二年の間存分に支援を受けたら、エディット亡き後は新たな王妃を迎え入れる算段をしているのだろう。

この結婚に、憧れと期待で浮き立っていたのはエディットだけなのだ。

だが、エディットは挫《くじ》けそうな気持ちを瞬時に立て直した。

期待が裏切られることには慣れっこだ。エディットだって、ほんとうは自分が二十歳で死んでしまうなんて信じたくない。

幼い頃はきっとなにかの間違いだ、呪いなんか、掛かっていないんだ、と自分に言い聞かせていた。けれど、四年ごとに胸に刻まれる呪いの赤い花びらが、そうした甘い期待を粉々に打ち砕いた。

あと二年しかない。運命を受け入れて、一日一日を楽しく生きたい。悲しんだり、落ち込んでいる暇はないのだ。

だから、すぐに笑顔に戻れた。

マルスランはとても誠実に応対してくれている。

それだけで充分だ。

ハンサムで格好いい王様の妻として、二年間充実した日々を送ろう。


その日は夕刻前まで、マルスランはエディットをエスコートして、城内を案内して回った。

どちらかと言うと、マルスランが引っ張り回された格好になった。

エディットはなにを見てもなにを聞いても、目を輝かせ声を弾ませて感動しきりだ。

マチルドと呼ばれていたお付きの侍女が、晩餐《ばんさん》まで少し休むよう強くエディットに忠告してこなければ、まだまだ城内巡りをしていたかもしれない。

「では陛下、晩餐でまたお会いしましょうね」

マチルドに引きずられるようにして、用意されてあった貴賓室に消えていくまで、エディットはにこやかに手を振り続けていた。

「ふう――」

マルスランは自分の執務室に戻り、机の上の書類を手にし、残っていた業務を片付けようとした。

相手は病弱なはずの乙女だというのに、体力自慢のマルスランの方がぐったりしている。

だが、それは心地よい疲労感だった。

これまで、自分の城の中が、あんなに感動を生むような場所だとは考えたこともなかった。

吹き抜けの天井、壁画、調度品、廊下の飾り物、ステンドグラス、中庭の噴水、放し飼いの孔雀《くじゃく》、ダマスク織りのカーテンに至るまで、エディットは歓声を上げ思いもよらない感想を口にする。

はじめは上の空で聞いていたマルスランは、次第に感心してエディットの言葉を待つようになっていた。

思い返せば、なにかに感動したことなどいつ以来だろう。

マルスランは現実主義者だった。

国王として、国力を高め民たちの幸福を最優先としてきた。だからこそ、今回の政略結婚も受け入れたのだ。

二年の間、オリオール王国から充分な支援を得て自国を復興させることが第一目的で、病弱な王女のことなど二の次三の次だった。丁重にお迎えし、なに不自由なく生活をさせればそれでいいと思っていたのだ。

それなのに――エディットの生き生きとした眩《まぶ》しい笑顔が頭の中から離れない。

書類を手にしたままぼんやりとしていると、扉がノックされた。

「陛下、よろしいですか？」

サザール宰相の声だ。マルスランは慌てて気を取り直す。

「入れ」

サザール宰相はマルスランの執務机の前まで来ると、労《いたわ》るように言う。

「お疲れ様でございました。病気と聞いていましたが、存外元気そうな王女殿下でしたね。ほんとうに二年後に死ぬのですかね？」

サザール宰相の無神経な言い方は、マルスランの気分を悪くさせた。

「そう当人が言っている。寿命がわかっているのに、健気に振る舞っておられた」

サザール宰相は細い目をわずかに見開き、マルスランを見遣《みや》った。

「まあなんにせよ、目的は我が国の復興ですから。王女のご機嫌を損ねない程度に、お相手なさってください。二年後あの王女が死んだら、陛下は改めて丈夫で長生きする令嬢を、正妃としてお迎えなさればよろしいのですから。私の愛娘テレーズなど、生まれてこのかた風邪ひとつひいたことがございませんよ」

その言い方もなぜか癇《しゃく》に障る。

低い声で答えた。

「まだ健在な王女殿下の死後のことなど、今から話すのは失敬であろう。形式的とはいえ、私の妻になる人だぞ」

サザール宰相は慌てたように言う。

「これは言いすぎましたな。取り敢えず、世間にこの結婚は大いに喧伝《けんでん》しましょう。王女殿下は莫大な持参金を携えていらっしゃいましたからな、我が国の窮状はこれで救われます。オリオール国王が王女殿下を溺愛していることは、こちらにはとても有利ですぞ。これは幾らでも搾り取れそうです」

サザール宰相の言う通りではあるが、あからさまな言い方がまた癇に障る。

「わかっている。結婚式は早めに進める」

「は。では失礼します」

サザール宰相が下がると、マルスランは大きくため息をついた。マルスランは、自分がひどくうす汚い人間のような気がしていた。

「――もうすぐ晩餐の時間だな」

料理長には、急遽、この国の名物料理を取り揃えて出すように命じてあった。

エディットはどんな反応をするだろうか。そう思うだけで、気分が明るくなり胸が甘く弾む。

「わああ、すごい、すごい、見たこともないご馳走ばかりです！」

国王専用の食堂に招かれたエディットは、大きなテーブルに並べられた料理の数々に歓声を上げた。

彼女は明るい半袖の紫色のナイトドレスに着替えていて、昼間よりも少しだけ大人びて見えた。ほっそりした白い二の腕が眩しい。

「我が国では、このように大皿に料理を並べ、好きに皿に取り分けて食するのが習慣だ」

マルスランは近づいてきた給仕を手で制し、自ら料理を取り分けた。

「さあ、これがあなたが所望した柏《かしわ》の葉に包んだ米料理だ」

取り分けた皿をエディットに差し出した。エディットは頰を染めて受け取る。

「ありがとうございます。ああいい匂い。いただいてもよろしいですか？」

「どうぞ召し上がれ」

マルスランにすすめられ、エディットは柏の葉ごとナイフとフォークで料理を切り分け、ひと口食した。

マルスランはじっと彼女の反応を見ている。

「ん――」

エディットが複雑な表情になった。

「お味はいかがかな?」

エディットがごくんと嚥下《えんげ》し、小声で言う。

「苦い……です」

よほどがっかりしたのだろう。唇がへの字に曲がり、まるで幼子のようだ。マルスランは思わずぷっと吹き出してしまう。

「く、ふふっ、言い忘れた。その料理は、葉っぱを剝《は》がして食べるのだよ」

エディットが耳まで真っ赤になる。

「ひどい、陛下、わざと教えてくださらなかったのね? 面白がって、ひどいわっ」

彼女が口をツンと尖《とが》らせた。

なんだろうこの愛らしさは。

マルスランは自分の皿の上の同じ料理の葉を剝がし、ひと口大に切り分け、その一片をフォークに乗せてエディットの口元に持っていった。

「そうぷんぷんしないで。さあ、もう一度味わってごらん」

「……」

エディットは無言で差し出された料理を口にした。もぐもぐと咀嚼《そしゃく》する。

「どうかな?」

顔を覗き込むと、ふいにエディットがパッと顔を綻《ほころ》ばせる。

「美味しい……！　香ばしくてもっちりと柔《やわ》らかくて……」

マルスランは我が意を得たりとばかりにうなずく。

「そうだろう？」

エディットがにっこり笑い返した。

「病みつきになりそうです」

マルスランは妙に愉快な気分になり、料理を切り分けてはエディットの口に運んでやった。彼女は雛鳥《ひなどり》みたいに口を開けて、ぱくぱくと平らげていく。見ていて気持ちがいいほどの食欲だ。

「陛下、あの煮た赤い木の実も食べたいです。そこの鶏肉のソテーも味見したいわ。このひき肉料理に入っている紫の野菜はなんと言うのですか？　茄子《なす》？　初めて見ました」

エディットのリクエストに応じて、マルスランは大皿から次々と料理を取り分けては、エディットに食べさせた。彼女は好き嫌いなく、初めての食材も躊躇《ちゅうちょ》なく口にする。とても柔らかく瑞々《みずみず》しい感性の持ち主だと、マルスランは思った。

「ああ……もうお腹いっぱい」

エディットは幸福そうにため息をつく。それから急に真面目な顔になった。

「あの、陛下、料理長をここに呼んでもらえますか？」

残りの料理を平らげていたマルスランは、片眉を上げる。

「なにか、あなたのお口に合わない料理がありましたか？　辛《から》すぎたとか、魚の骨が取り切れていなかったとか？」

「いいえ。とにかく、呼んでください」

マルスランは控えていた給仕に命じ、料理長を呼び出させた。奥の厨房から、恰幅のいい料理長が血相を変えて飛んできた。

「陛下、王女殿下、りょ、料理になにか不都合がございましたか？　ま、誠に申し訳ありません！」

料理長は真っ青になって平身低頭した。エディットが明るい声を出した。

「ううん。とても美味しいお料理でした。どれもこれも、生まれて初めていただくお料理だったのに、夢のように美味しかったわ。この感動を、あなたに直にお伝えしたかったの」

料理長は一転、誇らしさに顔を真っ赤にした。

「こ、光栄です！　王女殿下、身に余るお言葉をいただきました！」

「また、美味しいお料理を期待していますね」

「お任せください！　この命に代えても、大陸一美味しい料理をお出しします！」

マルスランは二人の様子を呆気《あっけ》に取られて見ていた。

これまで彼は、料理に注文をつけたり注意したことはあっても、わざわざ料理長を呼び出して面前で褒めたことは一度もなかった。

この小さな王女は、一瞬で料理長から最高の敬意を引き出した。

彼女には天性の人の心を惹《ひ》きつける魅力がある。

マルスランも例外ではなく魅了されている。

彼女は王妃としての資質を、十二分に持ち合わせているのだ。

マルスランはエディットを見る目が、どんどん変わっていくのを感じていた。

食後。

マルスランは、貴賓室におやすみの挨拶《あいさつ》をしに出向いた。

「姫様は先ほどからお待ちかねでございます」

侍女のマチルドに奥の居間に通された。

ゆったりとした純白の部屋着に白絹のガウンを纏《まと》ったエディットが、暖炉の前の敷物の上に腰を下ろして、熾火《おきび》をじっと見つめていた。その整った横顔には、これまで見たことのない哀愁が漂っていた。そこはかとない色気に、マルスランはハッと胸を突かれる。

マルスランの入ってきた気配に、彼女がゆっくりと顔を振り向け、ぱっと花が開くように笑った。

「陛下、お待ちしていました！」

「王女殿下、ご挨拶に参りました。二、三日中にはきちんとした私室を用意させますので、しばらくはこの貴賓室で我慢なさってください」

実のところ、エディットには病室しか準備していなかった。彼女が瀕死の病人だと想定していたからだ。清潔で広く暮らしやすい病室ではあったが、元気で活発なエディットにはあまりに無味乾燥な部屋だ。マルスランは、彼女のために急遽新たな私室を準備することにしたのだ。

「それではおやすみなさい」

そのまま引き下がろうとすると、エディットが素早く立ち上がって追い縋《すが》ってきた。

「待ってください」

「他になにかお部屋でご希望がありましたら──」

「違います。なぜ、私を一人にするの？」

「え？」

「私たち、今日から夫婦になったのでしょう？　どうして、一緒のお部屋で休まないのですか？」

「え──」

エディットはアクアマリンのような澄んだ瞳でまっすぐに見上げてくる。湯上がりの彼女の身体からは、ほんのりと甘いシャボンの香りがし、薄物を通してほんわかした体温が伝わってくる。マルスランは、下腹部の芯が妖しくがざわつくのを感じ、身体を離そうとした。

「そ、それはそうですが――あなたのお身体に負担をかけては――」

口ごもりながら答えると、エディットは逃すまいとするかのようにぎゅっとマルスランの腕に自分の腕を絡みつかせる。

「負担？　私は二年後に死ぬけれど、それは言い換えれば、二年後までは決して死なないってことです。陛下、私は覚悟を決め、夢と希望を抱いてこの国に嫁いできたのです。あなたと結婚するために。あなたの妻になるために――」

「――」

エディットの言葉のひとつひとつが、グサグサとマルスランの心に刺さる。

彼女が命を賭けて結婚を決意してきたのに、自分はただ、この結婚による利益ばかり考えていた。マルスランは己の軽率さをひどく恥じた。

と、ふいにエディットが破顔した。朝日のような清々しい笑顔だ。

「さっきまで、閨《ねや》ではどう振る舞えばいいのかしらって、ドキドキしながら待っていたんですよ。陛下、なにもかも、初めてなの。教えてくださいますね？」

彼女は頬を染め、目をキラキラさせて声を弾ませる。

これは反則だ、とマルスランは思う。

こんな無垢《むく》でまっすぐなおねだりに抵抗できる男がいるだろうか？

マルスランは目を伏せ、深く息を吸った。そして、ゆっくりと膝を折り、目線をエディットに合わせた。

気持ちを込めて言う。

「王女殿下。後悔しませんか？」

エディットはきょとんとする。

「後悔？　どうして？　私、今まで生きてきて、後悔なんてしたことないわ」

「――」

エディットはにっこりする。

「自分で決めて、ここにいます。私、なにも後悔しません」

「っ――」

マルスランですら、こんな潔い言葉は言えない。

「わかった――あなたの覚悟を受け取ろう」

マルスランは、そっとエディットを横抱きにした。

「私の部屋にお連れする――我が妻よ」

その言葉に、エディットの顔が一瞬泣きそうに歪《ゆが》んだが、すぐに満面の笑みになった。

彼女はほっそりした腕をマルスランの首に巻きつかせると、ふっくらとした頬を彼に寄せた。そして、耳元でささやく。

「嬉しい。もう一度、言ってください」

彼女の温かい息遣いが頰を擽《くすぐ》ると、マルスランは背筋がぞわっと粟立《あわだ》つような気がした。

「我が妻」

「うふ、もう一度」

「我が妻」

「うふふ、嬉しい――え、と」

エディットは一瞬言い淀んでから、消え入りそうな声で言った。

「旦那様……」

その初々《ういうい》しい仕草に、マルスランの体内に、凶暴な欲望が一気に頭を擡《もた》げた。王の居室の扉の前まで来ると、

「扉を開けよ」

と、鋭い声で命じた。外からさっと見張りの兵士たちが扉を開いた。彼らは素早く後ろに下がった。前を通り抜けながら、マルスランは告げる。

「今宵は、妻と私の部屋で過ごす。私から命令が出るまで、控えているように」

扉の前で待機していたマチルドが目を見開き、直後、ううっと嗚咽《おえつ》を嚙み殺す。

「ひ、姫様――おめでとうございます。ほんとうに、よろしゅうございました――」

エディットが明るく声を掛ける。

「マチルド、私の夢、また叶ったわ」

「うう――姫様――」

マチルドは床に膝を折り、エプロンで顔を覆っておいおいと泣き始めた。

「ふふ、泣かせちゃった。マチルドは涙もろいの」

エディットがくすくす笑う。

その鈴の音のような笑い声や肩の震えにすら、マルスランはぞくぞく腰がおののいた。

彼は無言でまっすぐに、自分の寝室を目指して行った。


「ここが――陛下のお部屋なのですね」

マルスランの私室に入ると、そっと床に下ろされた。

エディットはきょろきょろと部屋の中を見回した。重厚で立派な造りだが、調度品は必要最低限のものしか置いておらず、壁面にはカルタニア王国の地図と国旗が飾られているのみだ。国王の部屋としては質素すぎるほどだ。

内心が顔に出ていたのか、マルスランは上着を脱ぎながら言う。

「いかにも金のなさそうな国王の部屋だろう？」

エディットは頬を染める。

「そ、そんなことありません。余計なものがなくて、とても過ごしやすそうです」

マルスランは苦笑した。

「ものは言いようだな。だが事実、我が国は逼迫している。国王だけが贅沢をするわけにはいかない。城の使用人も、半分近く減らした。だから身の回りのことは、できるだけ自分でするようにしているんだ」

「あ、お手伝いいたします」

エディットはそっとマルスランの背後に回り、彼がシャツを脱ぐのを手伝おうとした。

マルスランが驚いたように振り返る。

「私の言い方が悪かった。あなたは裕福な大国から来られたのだ。あなたの父上から、あなたにはなに不自由なく暮らさせるよう念を押されている。そのための支度金も充分に受け取っている。あなたを侍女代わりにするつもりはない」

エディットは首を横に振る。

「いいえ。私がしたいんです。夫のお世話をするのは妻の役目でしょう？　それに、せっかく結婚したのに、王女時代と同じ暮らしなんてつまらないわ。贅沢な暮らしがしたくて、この国に嫁いできたのではありません」

マルスランは目を瞬く。

「あなたは――私が思っていたより、ずっと大人なのだな」

エディットは笑みを浮かべながら、マルスランの上着とシャツを受け取った。マルスランが穏やかに声を掛ける。

「では、汚れ物は次の間に置いてある籠《かご》に入れておいてくれるか？　洗濯係が引き取るから」

「はい」

言われた通りにして部屋に戻ってくると、マルスランはすでにゆったりとした部屋着に着替えていた。トラウザーズや下穿《したば》きは、エディットが次の間に行っている間に脱いであった。初心なエディットを、さりげなく気遣ってくれている。

彼は部屋の奥の扉を指差す。

「そちらが――寝室だ。私は湯浴みをすませてくるので、そこで待っていなさい」

「は、はい」

恐る恐る寝室の中に入る。

寝室の中の灯《あか》りは、ベッドサイドのテーブルに置かれたオイルランプだけで、ぼんやりと暗くしてあった。広い寝室の真ん中に、年代物の天蓋《てんがい》付きのベッドが鎮座している。そっとベッドに近づき、端っこにちょこんと腰を下ろした。

「はあ……」

何度も深呼吸する。マルスランにはきっぱりと言い切ったものの、いざ閨まで来ると、緊張と不安で脈動が速まり呼吸が浅くなってしまう。

異性との性的な接触など、皆無だった。手を握ったり口づけしたりしたことも、一度もない。

父王は、エディットを城奥に特別に造らせた広大な庭のある離宮に住まわせ、厳重な警護を敷いた。離宮内では自由に振る舞えたが、そこから外界に出ることは許されなかった。父王は過保護に過保護を重ねるように、エディットを守っていたのだ。

結婚して男女がひとつの床《とこ》に入ることがどういうことか、初心なエディットでもわかっている。国を出る前に、結婚の教育係がやんわりと教えてくれていた。男の子種を宿した器官を、女の恥ずかしい場所にある器官に受け入れる、ということだけは理解していた。だが、なにをどうするのか、夫になる人に任せよという感じで流されてしまい、具体的なイメージはない。

痛いのか、苦しいのか、長いことかかるのか、すぐ終わるのか――。

未知の行為への淡い期待もある。

マルスランは思っていたよりずっと思いやりある人なので、きっとひどいことにはならないだろう。でも、生まれたままの姿を異性に晒《さら》すなんて、羞恥で気を失ってしまいそうだ。

ああでもないこうでもないと考えていると、ふわりと甘い花の香りがして、ハッとした。

いつの間にかマルスランが寝室に入ってきていたのだ。あんなに体格がいい人なのに、足音ひとつ聞こえなかった。彼が訓練された武人であることに思い至る。マルスランは滑るような足取りで目の前に立った。

「待たせたね」

「い、いいえ……」

緊張して顔を上げることができない。

彼が左隣にゆっくりと腰を下ろした。彼の体温を強く感じて、さらに身が強張《こわば》る。

マルスランがふっと笑う。

「そんなに固くならないで」

「だ、だって……なります」

声が震えてしまう。

「は、初めてですもの」

「大丈夫だ」

マルスランの右腕が背後から回され、肩を抱いてやんわりと引き寄せてきた。

「あ――」

彼の広い筋肉質な胸に身をもたせかける格好になり、心臓がばくばくいう。

「ほら、私の胸の音を聞いてごらん」

言われて、マルスランの鼓動に耳をすます。どくんどくんと力強く速い脈動を肌越しに感じた。

「ふふ——私も緊張しているんだ」

エディットの緊張をほぐそうと言ってくれているのだ。思い切って顔を上げ、マルスランを見上げた。

湯上がりの彼は、洗い髪が額に無造作に垂れかかり、さらに若々しく見えた。黄金色の瞳は熱っぽくエディットを見下ろしている。その視線に性的興奮が感じられ、エディットまでなぜか息が乱れてくる。

「キスしたことはある？」

「い、いえ」

答えるのも恥ずかしくて顔を伏せようとすると、マルスランの節高な指が、エディットの顎《あご》をそっと持ち上げ顔を上向きに戻した。

「エディット」

低く艶《つや》めいた声で呼ばれ、マルスランの端整な顔が寄せられてくる。

「あ」

唇が重なる。

温かく柔らかな唇の感触に、身体の奥のどこかが甘く痺《しび》れる。

マルスランの唇が、頬、鼻先、目尻、額と辿っていく。肌を移動する感触に、背中がぞくぞく震える。

再び唇が重なる。マルスランは顔をかすかに上下に動かし、何度も唇を撫でる。擽ったいような疼《うず》くような感覚に、思わず息を詰めてしまう。

「ん、んん……」

ふいになにか濡れたものがぬるりと唇を這った。舐《な》められている、と理解して、うろたえる。思わず唇を引き結ぶと、マルスランはエディットの唇全体を咥《くわ》え込んで舐め回してきた。

「ふぁ、ふ、あ」

呼吸ができなくて次第に身体の力が抜けてくる。ゆっくりマルスランの唇が離れると、思わず唇を開いて息を吐き出した。するとやにわに唇が重なり、彼の舌が口腔《こうこう》に押し入ってきた。分厚い舌が口の中を掻き回してきたのに驚き、エディットは身を引こうとした。だがマルスランの右手が素早く背中に回り、しっかりと押さえ込んでしまう。

そして怯《おび》えて縮こまるエディットの舌を搦《から》め捕《と》り、思い切り強く吸い上げた。直後、うなじのあたりに甘い痺れが走り、身体が再び強張った。

こんな激しい口づけがあるのか。

「んんーっ、んぅーーーっ」

ほっそりした両手でマルスランの胸を押しやろうとしたが、鍛《きた》え上げられた肉体はびくともしない。強弱をつけて舌を吸われているうちに、これまで経験したことのない心地よさが全身を支配し、四肢から力が抜けてしまう。

くちゅくちゅと舌が擦れ合う淫らな音が耳孔《じこう》を犯し、頭がぼうっとしてくる。恥ずかしい鼻声を止めることができなくなる。

「……んゃ……ぁ、ん、ふぁ、あふぅ……」

延々と情熱的な口づけを仕掛けられ、エディットはいつしかマルスランのなすがままに口腔を貪《むさぼ》られていた。マルスランは脱力したエディットの身体を両手で支え、顔の角度を変えてはエディットの舌を存分に味わう。嚥下し損ねた唾液《だえき》が口の端から溢れてくると、それを啜《すす》り上げられ、羞恥と性的快楽に頭が真っ白になる。

長い長い口づけに気が遠くなりかけた頃、マルスランはやっと唇を解放してくれた。

「は、はぁ、は、はぁ……ぁ」

エディットはぐったりとマルスランの腕の中に身をもたせかけた。身体中が熱い。

「可愛《かわい》いね――初心で無垢なエディット」

マルスランはエディットをギュッと抱きしめ、火照《ほて》った額や頬に濡れた唇を押しつける。そうしながら、片手で器用にエディットの部屋着を剝いでいく。胸元が剝《む》き出しになり、思わず両手で隠そうとした。

「あ、あ……陛下……」

一糸纏わぬ姿を晒すことに怯えて潤んだ瞳で見上げると、マルスランが熱っぽい眼差しで見返してきた。そしてこれまで聞いたことのない低く色っぽい声でささやく。

「全部見せてくれ、エディット」

耳朶《じだ》にちゅっと口づけされると、背中がぞくぞく震えて両手の力が抜けた。マルスランは壊れものを扱うように、そっとシーツの上に仰向《あおむ》けに寝かせる。

「ぁ……」

生まれたままの姿を、マルスランがじっと見ている。目を瞑《つむ》り、息を凝《こ》らす。心臓が早鐘を打つ。

「美しいな。この絹のような滑《なめ》らかな肌――」

マルスランの右手が肩口から胸下へ触れてくる。熱い掌《てのひら》の感触に、身体のどこか奥がざわつく。と、彼の手が左の乳房のあたりでぴたりと止まった。

「？　――この痣は？」

「あっ……」

エディットは慌てて目を開いた。マルスランがまっすぐ左胸を見つめている。できれば追求されたくなかった。話すしかない。

「こ、これは――魔女の呪いの証《あかし》です……」

「呪い？」

エディットは観念し、なるべく平静な口調で説明した。

「父王が魔女に逆恨みされ、母とお腹にいる私に死の呪いを掛けたのだそうです」

マルスランの表情が強張った。

「母は私を産み落とした直後に命を落とし、私だけが生き残りました――でも……四年ごとに、一枚ずつ赤い花びらのような印がここに浮かんでくるようになりました」

「――」

エディットは花の形に並んだ五枚の花びらのうちの、一番淡い色を指で辿った。

「これが最後の一枚です。これが真紅に染まると、私の心臓は止まるのだと、魔女が父に告げたそうです」

「――」

マルスランが無言になったので、エディットは気まずくなる。

呪われた身だと知られると、マルスランに忌《い》み嫌われそうではっきりと言えなかった。

だが、もはやここまでだろう。

エディットは口早に、自分が呪われた経緯を詳しく話した。できるだけ深刻に聞こえないように気を遣う。

「――こういうわけで、私は二十歳で死ぬことが決められているんです。父は私を気遣い、世間には不治の病に罹《かか》っているとだけ公表しているのです」

マルスランがまだ声を失っているので、エディットはことさら明るい声を出した。

「でもこれ、綺麗《きれい》なお花の紋様でしょう？　虫とか蛇とかでなくて、よかったわ。魔女も少しは気を利かせてくれたのね」

「王女殿下――いや、エディット」

突然マルスランに名前を呼ばれ、心臓がどきんと跳ねた。

マルスランの端整な顔が左胸に寄せられた。

彼の息遣いが肌を擽る。柔らかい唇がそっと押しつけられる。

「知らなかったとはいえ、私はあなたに対して無神経な言動をしていた。許してくれ」

「い、いいえ、謝ることは……ぁ」

マルスランは花びらの一枚一枚に口づけをしていく。触れられた花びらが、燃え上がるように熱くなるような気がした。ぞわぞわと悩ましい痺れが下腹部に走った。

「あ、あ……」

マルスランが顔を上げ、真摯《しんし》な眼差しで見つめてくる。

「あなたを大事にしよう。あなたの望むこと、あなたのしたいことを、私はなんでもしよう」

エディットは彼の表情が、父王と同じであることに気がつく。

同情と哀《あわ》れみの表情だ。

じわりと怒りが湧いてくる。自分の運命に対する怒りでもあった。

少し強い口調で答えていた。

「でしたら――最後の最後まで、あなたの妻として扱ってください」

マルスランは目を見開く。エディットはニコリとする。

「お願い」

「わかった」

マルスランがゆっくりと覆い被さってきた。

彼は首筋や胸元、乳房の上に口づけの雨を降らしてくる。同時に、片手で乳房を揉《も》み込み、手指が乳首を掠《かす》めるように触れてきた。

「あっ？　あ、あ、あぁ」

ぴりっと官能的な刺激が下肢に走り、びくびくと腰が震えた。

「ここ、感じるかい？」

マルスランが赤い先端をくりくりと抉《えぐ》ると、どういう仕組みか乳首が硬くツンと凝《しこ》ってくる。そして、疼くような感覚がどんどん鋭敏になっていく。

「わ、わかりません……く、擽ったいような、おかしな感じで……」

「ふ――それが感じているということなのだよ、これはどうかな？」

マルスランの顔が胸の谷間に埋められた。そして高く硬い鼻梁《びりょう》で乳首を撫で回したかと思うと、やにわに乳首を咥え込んできた。

「ひゃぁぅっ」

思いもかけない行為に、恥ずかしい声を上げてしまう。ぬるついた舌で凝った乳首を舐め回され、軽く吸い上げられると、これまで以上に先端が甘く疼いて、その疼きが全身に広がっていく。マルスランはもう片方の乳首を指で摘んだり擦ったりしながら、咥え込んだ乳首を強弱をつけて吸い上げてきた。

「や、あ、あ、ああ、ぁ……ん」

甘い痺れは背筋から下腹部の奥を襲い、そこがきゅんきゅんせつなくなって仕方ない。なぜそんなところが疼くのか、初心なエディットにはわからない。とても恥ずかしい。恥ずかしいのに気持ちよくて、混乱してしまう。

「や、やぁ、や、舐めないで、あ、しないで、そんなこと……」

生まれて初めて知る官能の快感に、やるせなく全身をくねらせてしまう。

「いい声で啼《な》くね。とてもそそられる。もっと聞きたい」

マルスランは乳房の狭間から顔を上げ、エディットの喘《あえ》ぐ様をじっと見る。その熱い眼差しにすら、腰がざわめいてしまう。

「いやぁ……見ないで」

いやらしい鼻声を漏らすまいと唇を引き結ぶが、マルスランは再び乳首を口に含むと、軽く歯を立てた。

「つぅ、ああっ」

鋭い痛みの直後に、強い快感が背筋を伝い、腰から下が蕩《とろ》けそうなほど感じ入ってしまう。じんじん痺れる乳首を交互に甘噛みされ、エディットはどうしようもなく乱れてしまった。

恥ずかしい箇所がさらにひくつき耐え切れないほど疼く。それをやり過ごそうと、太腿をもじもじと擦り合わせると、秘所がきゅうんと猥《みだ》りがましく痺れてくる。

「あ、あぁ、も、あ、や、だめ、変に……お願い、もう……もうやめて、ください……」

強い快美感に無垢な身体は耐え切れず、エディットは首をいやいやと振る。

ちゅうっと音を立てて乳首から唇を離したマルスランは、火照ったエディットの頬に右手で触れた。

「濡れてしまった？」

「ぬ、濡れ……？」

言葉の意味がわからなくて聞き返すと、頬に触れていた手がゆっくりと身体の線を辿り、下腹部へ下りていく。

薄い若草の茂みを彼の指先がさわさわと撫でた。そのまま割れ目に触れてくる。

「きゃっ……」

自分でもろくに触れたこともない部分に触れられ、思わず太腿をきつく閉じ合わせた。

しかし、マルスランの手はやすやすと股間に潜《もぐ》り込み、花弁《かべん》をぬるりと撫で上げた。

「あっ、あ？」

思いもかけない心地よさを感じ、うろたえてしまう。

「ほら、あなたの密やかなところが濡れている」

マルスランの指が、くちゅりと捩《よじ》り合わされた花弁を押し開く。

「だめ、です、そんなところ、触っちゃ……あ、あ、ん」

「どうして？　ほら、どんどん蜜が溢れてくるよ」

マルスランの指の腹が、何度も割れ目を上下に辿る。そうしながら、空《あ》いている方の左手は尖り切った乳首を摘み上げたりすり潰すように擦ったりして、絶え間なく刺激を与え続ける。

それがあまりに気持ちよくて、もう拒むことができない。花弁が綻んで、熱くとろとろに溶けていく。そして、隘路《あいろ》の奥からじゅわっと熱い蜜が噴き出してくるのがわかった。どうしてそんなものが溢れてしまうのかもわからない。

ただ、恥ずかしいのに心地よくて、もっと触れて欲しいとすら思い始めていた。

「ん、んぁ、あ、や、あ、変な……気持ちよく……なって……恥ずかしい……」

マルスランが吐息で笑う。

「とても素直な身体だね。恥ずかしいことはなにもない。もっと気持ちよくしてあげる」

彼はヌルヌルになった指で、薄い和毛《にこげ》のすぐ下に佇《たたず》んでいる小さな突起をくりっと擦り上げた。途端に、強烈な快感が一瞬で脳芯まで駆け上り、腰がびくんと大きく跳ねた。

「ひあっ？　な、なに？　今……っ？」

経験したことのない凄まじい愉悦に、エディットは呆然《ぼうぜん》とする。マルスランはエディットの顕著な反応に気をよくしたのか、そこばかりを撫で回す。

「この可愛い蕾《つぼみ》が、あなたが一番感じてしまう部分だよ。ほら、気持ちよくて膨れてきた」

「や、やめ、あ、だめ、あ、だめぇ、そこ、やぁあ……っ」

強い快感が次々に襲ってきて、それが耐え難《がた》いほど全身を駆け巡る。やめて欲しいと思うのに、両足はだらしなく開き腰が勝手に前に突き出て、もっと快感を求めてしまう。子宮の奥がきゅうきゅう収縮し、淫らな感覚が羞恥を凌駕《りょうが》していく。

マルスランは触れるか触れないかの力で秘玉《ひぎょく》を優しく撫で回す。

「あ、あぁ、あ、だめ、あ、だめ……ぇ」

エディットは両手でシーツをぎゅっと握りしめ、激烈な快感に耐えた。後から後から、絶え間なく恥ずかしい蜜が溢れてきて、マルスランの手指から自分の股間までぐっしょりと濡らしていく。

「もう、やめ、て、もう、あ、あぁ、やだ……」

涙目でマルスランを見上げて懇願するが、彼は熱っぽい視線で見つめ返してくるだけだ。それどころか、膨れ上がった花芯を優しく摘んだり、指の腹で押さえて小刻みに振動を与えたり、多彩な指の動きでエディットを追い詰めていく。

「ん、んん、んあ、ああ、だめ、あ、だめぇ……」

目の前にチカチカと官能の火花が飛び散り、下腹部の奥からなにかが迫り上がってくる。堕落しそうな恐怖に、エディットはぎゅっと目を瞑った。

「達《い》きそうかい？　このまま達ってしまうんだ」

マルスランは親指で陰核をいやらしく揺さぶりながら、人差し指と中指を揃えて蜜口《みつくち》の中に押し入れてきた。ひくひくわななないていた媚肉《びにく》が、嬉しげに彼の指をしゃぶり締めつける。すると、胎内からもつーんと甘い愉悦が生まれてきた。

「あっ、あ、あ、指、あ、だめ、挿入《い》れちゃ、あ、あぁあ、おかしく……おかしくなっちゃう……っ」

全身が強張ってきた。足先がぴーんと突っ張る。なにかの限界が近い。

「おかしくなってしまうんだ」

マルスランが媚肉に押し入れた指をぐぐっと奥へ突き入れた。

直後、目の前が真っ白に染まった。

「んぁ、ああ、あぁぁぁあっっ」

エディットは甘く啜り泣きながら、限界を超えた。

気持ちいいとしか感じられず、息が詰まり、なにもわからなくなる。

びくびくと腰が痙攣《けいれん》し、ふいに全身の力が抜け呼吸が戻る。

「……は、あ、はぁ……はぁ、は……ぁ」

まだ自分の身体になにが起こったのかわからないまま息を喘がせていると、胎内に挿入されたままのマルスランの指が、ゆっくりと中を掻《か》き回し粘膜を押し広げた。

「ひぅ……」

「よく濡れているが、狭いな。指がもう一本挿入《はい》るか？」

マルスランは指を三本に増やし、ぬちょねちょと媚壁を探っていく。

「あ、あ、だ、め、指、あ、そんなにしちゃ……」

指が胎内をまさぐる違和感に、エディットは怯える。

「痛いか？」

「い、痛くは……ありません……けど」

「そうか。初めては少し苦しいかもしれない。だが、エディット」

ふいに名前を呼ばれ、エディットは、はっと目を瞠《みは》る。

「あなたが夫婦の契りを結びたいと望んだ。私を受け入れてくれるか？」

見上げるとすぐそこにマルスランの端整な顔があった。彼は怖いくらい真剣な顔をしている。

エディットはまっすぐ彼を見つめ返した。

「はい——どうか、陛下の妻にしてください」

少し声が震えてしまった。

「可愛いな、エディット。私もあなたが欲しい」

濡れ襞から指がぬるりと引き抜かれた。

マルスランは上体を起こすと、手早く着ているものを脱ぎ捨てた。

引きしまった筋肉質な裸体が現れる。まるで美術品の彫像《ちょうぞう》のような美しい姿体に、エディットはうっとりと目を奪われてしまう。

だが、視線が彼の下腹部へ下りると、そこにいきり勃つ雄の欲望を目の当たりにして、息が止まりそうになった。

それはあまりに巨大で禍々《まがまが》しく反《そ》り返っていた。肉茎は太い血管がいくつも浮き出てびくびくしていて、先端は傘が大きく開いていた。マルスランの白皙《はくせき》の美貌からは想像もつかないほどに、凄まじく荒ぶっている。

「お、大きい……」

エディットは震え上がってしまう。

マルスランは自分の屹立《きつりつ》をあやすように片手で握りながら、薄く笑う。

「大きいか——だが、これをあなたの中に受け入れてもらわねばならない」

腰が引けそうになる。

マルスランがゆっくりと覆い被さってきて、エディットの耳元で甘くささやいた。

「ゆっくりとする。あなたの初めてを大事にしたい」

マルスランの言葉を信じよう。エディットは深く息を吸った。

「来てください……」

「エディット——」

マルスランはエディットの両足の間に自分の腰を押し入れ、綻び切った花弁を指で押し広げた。そして、そこに熱くみっしりとした肉塊が押し当てられた。

「あっ……」

灼熱の塊《かたまり》がぬるぬると秘裂《ひれつ》を上下に撫でる。

「ん、んん……」

心地よい感触に、甘い鼻声を漏らした。くちゅくちゅと卑猥《ひわい》な水音を立てて、マルスランはしばらく蜜口の浅瀬で慣らすように軽く行き来させていた。それから、おもむろに腰を押し進めてきた。

硬く膨れ上がった亀頭が濡れ襞を押し開くようにして、侵入してくる。指とは比べ物にならない圧迫感に、エディットは息を詰めて身を強張らせる。

「あ、あ、あ、あ」

動きを止めたマルスランが、少し息を乱して言った。

「く——そんなに力を入れては、押し出されてしまう、エディット。もう少し、力を抜いてくれ」

「え、あ……ど、どうすれば……」

自分の身体なのに、なにをどうすればいいのか見当もつかない。

「では、口を開けて——舌を差し出して」

「は、い」

言われた通りおずおずと赤い舌を出すと、やにわに嚙みつくような口づけを仕掛けられた。

「んんんーっ……」

舌の付け根まで強く吸い上げられ、一瞬意識が口づけに持っていかれる。刹那《せつな》、マルスランの太竿がゆっくりと隘路を押し広げて挿入された。

身体の中心が裂けるような激痛が走り、エディットは背中を仰《の》け反《ぞ》らせてくぐもった声を上げた。

「ふぁ、ふ、あぁぁ、あああ」

痛みに収縮した膣襞が、きゅっと怒張を締めつける。胎内が彼の欲望でいっぱいに埋め尽くされている。痛みと息苦しさに、目尻からポロポロと涙がこぼれた。

「んんー、んんんんっ」

悲鳴を上げたくても口の中はマルスランの舌で塞がれている。

マルスランは半分ほど挿入してから、ゆっくり抜け出ていき、亀頭の括《くび》れまで引きずり出し、蜜口の愛蜜を塗りたくるように掻き回すと、再び押し入ってきた。最初ほどの痛みはなく、ただただ圧倒的な違和感が胎内を支配する。

マルスランは深い口づけを繰り返しながら、じりじりと灼熱の塊を最奥《さいおう》まで押し進めた。唾液が啜り上げられ、舌を艶《なま》めかしく吸い上げられると、甘い疼きが身体を駆け巡り、破《は》瓜《か》の痛みが薄らいでいく。

やがてマルスランが動きを止めた。そして、エディットの唇を解放した。唾液の銀の糸が二人の唇の間に尾を引いた。マルスランは大きく息を吐く。

「ああ——全部挿入ったぞ、エディット」

「あ、あ、あ……」

胎内に熱い脈動を感じ、自分の媚肉までが熱を帯びてくるような気がした。

「これで、あなたは私の妻だ。私だけのものだ、エディット」

耳元で優しくささやかれると、夫婦として結ばれたという感動に痛みも苦しさも消えていく。

「嬉しい……陛下……私、あなたの妻になれたんですね……」

「そうだ——あなたの中、きつくて熱くて、とても悦《い》い」

マルスランがうっとりとした声を漏らす。

彼が心地よく感じているのだと思うと、混じり気のない喜びが胸の奥から込み上げてくる。

「全部私のものだ。エディット、私のエディット」

マルスランがゆっくりとした動きで抽挿《ちゅうそう》を始めた。

「あ、あぁ、あ、あ」

何度も太茎に媚肉を擦り上げられていくうちに、苦しさよりも内側から熱く燃え立つような感覚が強くなってくる。思わずマルスランの肩にしがみついてしまう。

マルスランは気遣わしげに、腰の動きを緩める。

「痛いか?」

「いいえ、いいえ、熱くて……」

「ぬるついた襞が絡みついてくる——これはたまらないな」

マルスランの声が快感で掠れている。

彼は再び腰を揺すり始める。欲望がずちゅぬちゅといやらしい音を立てて、濡れ襞を往復する。

「……はっ、あ、ぁ、あぁん」

内壁が引きずり出されるような排泄感と、最奥まで突き上げるような重く熱い衝撃に、エディットはじわりと深い快感が生まれてくるのを感じていた。

太い肉胴が熱く熟れた膣襞を擦り上げていくと、ぞくぞくと腰が震えた。最奥を傘の開いた先端で突き上げられ、熱い衝撃にはしたない鼻声が止められなくなる。

「ふ――そんな色っぽい声で啼くと、容赦できなくなる」

マルスランは劣情を抑え切れなくなったのか、泡立つ淫蜜を掻き出すように律動を速めた。

「あ、すご、あ、や、あ、あぁ……そ、んなに、しな、いで……」

ぐちゅぬちゅと淫らな水音が立つくらい激しく雄茎が出入りすると、子宮の奥から重苦しい愉悦が湧き上がり、それが腰全体に拡がっていく。

「あ、だめ、あ、いやぁ、あ、あぁん、んぁあ……」

嫌がる言葉を口にしながら、感じ入った内壁はきゅうきゅうと怒張を締めつけ、もっとして欲しいとばかりに淫らにうごめいてしまう。

「く――そんなに締めては――悦い。あなたの中、悦《よ》すぎる」

マルスランは乱れた息と共に、低いバリトンの声で耳元でささやく。その声の悩ましさに、さらに全身が熱く昂《たかぶ》ってしまう。マルスランが同じ感覚を共有しているのかと思うと、夫婦としてひとつになった悦《よろこ》びがさらに大きくなる。

「ああ、陛下……」

「もうあなたの夫だ——名前を呼んでくれ」

マルスランはなにかに追い詰められたような声でささやく。

エディットは彼の汗ばんだ背中にぎゅっとしがみつき、少し恥じらいつつささやく。

「マルスラン、様……」

「っ——可愛いぞ」

エディットの胎内で情欲の滾《たぎ》りが、どくんとひとまわり大きく膨れたような気がした。

マルスランはエディットの背中を抱えるとさらに結合を深め、最奥を深く貫いたまま腰の律動をさらに速めた。

「もっと呼んでくれ」

「マルスラン様、あ、あぁん、マルスラン様……っ」

がくがくと大きく腰を揺さぶられると、頭の中で官能の火花がばちばちと飛び散り、もうなにも考えられなくなった。

「もっとだ、私のエディット」

「マルスラン様……マルスラン様……っ」

マルスランはエディットの細腰を両手で摑むと、深く繋がったまま上体を起こした。そしてずちゅぬちゅと上下に揺さぶってくる。亀頭の先端がこれまでと違う箇所を突き上げ、それが我を忘れるほど気持ちよかった。

「ああっ、あ、そこ、あ、だめぇ、あ、変に……あぁ、だめに、だめになっちゃうっ」

エディットは艶やかな金髪を振り乱しながら、あられもない嬌声《きょうせい》を上げた。

「ここか、エディット、だめになれ、ああ、すごいな、また締まる――っ」

子宮口を抉られるような勢いで突き上げられ、エディットはとめどない快感がなにかの限界に辿り着きそうなのを感じた。

「やぁあっ、あ、あ、なにか、来る、来るの……だめ、あぁ、いやぁあぁあ」

「は――はあ、あ、く、もう、終わりそうだ――エディット」

マルスランは獣のような息遣いで、追い詰められたように呻《うめ》く。

「出る――出すぞ、あなたの中に――っ」

マルスランは息を凝らし、がつがつと腰を打ちつけてきた。

「ああ、あ、あ、あぁ、あぁあっ」

熱い喜悦の波が押し寄せ、意識を攫《さら》っていく。エディットは腰をびくびくと痙攣《けいれん》させて、絶頂を極めた。全身が強張り、濡れ襞が雄棒を絞り上げるようにきゅううっと収斂《しゅうれん》した。

意識が一瞬飛んだ。

「く――っ」

マルスランが低く唸《うな》り、ぶるりと胴震いした。直後、エディットの最奥に熱い白濁《はくだく》した迸《ほとばし》りが放たれた。

「……は、ぁ、ぁあ、は……ぁあ……」

引き攣《つ》った肉体が小刻みに震えた後、どっと力が抜けた。

マルスランはぐったりしたエディットの腰を引きつけ、びゅくびゅくと欲望の残滓《ざんし》を注ぎ込む。

「ふ――」

マルスランは大きく息を吐き、動きを止めた。

エディットはまだぼんやりとしたまま、潤んだ目で彼を見上げた。マルスランもまた、放心したような表情で見つめ返してくる。

「――素晴らしかった、エディット」

彼が満足そうに微笑む。そして、まだ繋がったままゆっくりと覆い被さってきた。

「あ、あ……マルスラン様……」

熱く汗まみれの男の肉体の重さが、とても愛おしいと感じる。ぴったりと合わさった胸から、マルスランの少し速い鼓動を直に感じ、生きている歓びをしみじみと味わう。

そして、男女の睦み合いがこれほどまでに激しく情熱的なことだと知り、驚きと感動で胸がいっぱいになった。

そっと両手をマルスランの背中に回し、ゆっくりと撫で摩《さす》る。

「ありがとう、マルスラン様……」

マルスランは顔を上げ、エディットの額や頬に優しく口づけた。

「礼を言うのは、私の方だ。女性を慈しむ行為がこんなにも悦いものだと、初めて知った
――ありがとう」

二人は思いを込めて見つめ合う。

エディットは、胸の奥に生まれている甘酸っぱくやるせない感情に気がついていた。

この人が好きだ。

嫁ぐ前は、結婚や夫婦生活に対する憧れだけがあった。

二年後に死んでしまうのだから、どんなことでも経験し知りたい。綺麗で幸せな思い出をたくさん作りたい。そういう気持ちの方が強かった。

けれど――マルスランに出会い、彼の人となりに触れ、強烈に惹かれた。エディットは誰かを愛するという気持ちを初めて知ったのだ。

これが最初で最後の恋。

結婚して、恋をして、妻として大事に扱われて――きっと思い残すことなく人生を終

えることができる。
でも――この気持ちはマルスランには隠していよう。誠実で優しい彼に、心の負担を掛けたくない。あくまで政略結婚の相手として、エディットのことは見ていて欲しい。彼にもエディットとのよい思い出だけを残してあげたい。
あと二年――明るく楽しく幸せに生きるんだ。
エディットは強く自分に言い聞かせていた。

第二章　花が咲く時

武人として規律正しく生活しているマルスランは、いつもの時間に目が覚めてしまった。夜明け前の時刻である。

普段ならさっさと起床し、一人で身支度をすませると、朝の教練に備えるのだが、今朝は違っていた。

腕の中に、安らかに眠っているエディットがいる。

柔《やわ》らかな頬をマルスランの胸に押しつけて、すうすうと可愛《かわい》い寝息を立てている様子は、幼い少女のようにあどけない。いつまでも見ていたいくらい、心が和む寝顔だ。

こうして抱いていると、ほんとうに華奢《きゃしゃ》で小柄だ。昨夜は欲望に駆られて、少し乱暴にしてしまったかもしれない、と反省する。

小柄ではあるが、エディットの身体は均整が取れていて、どこもかしこも柔らかくしなやかだった。小ぶりだが形よい乳房、きゅっと蜂の腰のように括《くび》れた腰、むっちりとふくよかな太腿――そして、熱くきつく自分の欲望を受け入れた隘路《あいろ》。どこもかしこもあまりにも魅力的だ。

鈴を振るような澄んだ声をしている彼女が、次第に官能に溺れて艶《つや》めいた喘《あえ》ぎ声を漏らす様も、たまらなくマルスランの劣情を煽《あお》る。

初々《ういうい》しい反応も愛らしいが、これから彼女に性の悦《よろこ》びを教えていくことを想像するだけで、ぞくぞく興奮してしまう。

「エディット」

小声で名前を呼び、頬に口づけしようとして、ハッとする。

彼女の白い胸元に目が行った。

左の乳房の上に、くっきりと浮き出ている五枚の赤い花びら。一枚だけ、色が薄い。それが最後の一枚なのだと言っていた。

二年後、この花の形が完成したら、エディットの心臓は止まってしまうのか。

こんなにも健やかな乙女なのに、信じられない。

期限付きの妻。

そう思うと、胸の奥がキリリと痛んだ。自分がひどく邪悪な人間のような気がしてくる。

余命を承知で花嫁として貰い受けたのではないか。

国の復興のためと割り切っていたはずではないか。

なにがこんなにも自己嫌悪に陥《おちい》らせているのか、マルスランにはわからなかった。

「エディット」

夢うつつで名前を呼ばれた気がして、エディットはふっと目を覚ます。

生まれたままの姿で、マルスランに腕枕されて眠り込んでいた。

「ぁ……」

マルスランはすでに目覚めていて、こちらの顔をじっと見つめている。なんだかとても悲しそうな様子なので、エディットは胸を突かれる。

思い切りにっこりしてみせる。この表情は無垢《むく》で無邪気で、誰でもが釣られて笑みを浮かべてしまう。エディットは幼い頃から、父王や周りの者たちを悲しませないために、笑顔を作ることを心がけていた。鏡の前で何度も練習したのだ。

同情も哀《あわ》れみもいらない。みんなに笑顔でいて欲しいから、いつも自分はとびきりの笑顔を浮かべていようと思っている。

「おはようございます……」

マルスランの顔がさっと穏やかなものに変わる。

「おはよう——まだ早い時間だ。寝ていていいのだよ」

「マルスラン様は、お早いのですね」

「私は普段から夜明け前に、起きることにしている。王立騎馬隊の指揮と朝教練があるのでね」

「えっ、じゃあすぐ行ってください。私に構わずに」

慌《あわ》てて身を離そうとすると、マルスランが逆に胸に引き寄せてきた。

「私たちは結婚初夜を終えたばかりではないか。そんな野暮《やぼ》なことを言うものではない」

「で、でも……」

「たまには、朝寝を貪《むさぼ》るのもなかなか新鮮でいい」

マルスランが髪や額に口づけをしてくる。ちゅっと耳朶《じだ》に口づけされ、ねっとりと耳裏に舌を這《は》わされると、ぞくっと肩が震《ふる》えた。

「あ、ん」

思わず悩ましい声を漏らしてしまい、頬に血が上る。

「ふふ──感じやすくなったね」

マルスランが片手でエディットの胸をまさぐってきた。

「きゃ、な、なにをするんですか……あっ……」

昨夜散々吸われたり噛んだりされた乳首は、マルスランの指先で擦られるとじんと疼《うず》いてたちまち凝《しこ》ってしまう。

「なにって……寝覚めのあなたはとても色っぽくて、そそる」

マルスランはエディットの首筋に舌を這わせながら、さらに乳首を摘《つま》み上げたり擦ったりを繰り返す。じんと甘い痺《しび》れが下腹部に走り、自分の反応のよさに戸惑《とまど》う。

まだ胎内にはマルスランの欲望が収まっているような違和感がある。

「あ、だめ……も、う、朝、なのに……こんな……ぁ」

エディットはいやいやと首を振る。

「朝だから余計に興奮するのだ――ほら」

マルスランはエディットの右手を摑んで、自分の股間に導いた。

「きゃ」

太く熱い屹立《きつりつ》に触れて、エディットは慌てて手を引こうとした。だがマルスランは強引に剛直を握らせようとする。

「触れてくれ。そうでないと、すぐにもあなたの中に挿入してしまいそうだ」

「う……はい」

破瓜《はか》したばかりの媚肉《びにく》をすぐに蹂躙《じゅうりん》されるのは、少し恐ろしい。おずおずと彼の男根を握ってみる。エディットの小さい手には余るくらい太い。なんだか別の生き物のようだ。

「お、大きい……ごつごつしてて……硬いです」

「そのまま手を上下に滑らせてみて」

「こ、こう、ですか?」

言われるままに恐る恐る手を滑らせてみる。

「もう少し強く握って」

「こう、ですか？」

少し力を込め、きゅっきゅっと扱《しご》いた。

「ああそうだ——悦《い》いよ、そのまま」

マルスランが心地よさそうな声を出したので、エディットは気をよくして手を動かし続けた。傘の開いた先端から透明な先走りが噴き出してきて手を濡らす。そのぬめりで、手の動きが滑《なめ》らかになった。

「こ、こんな感じですか？」

「うん、上手だ」

褒められると嬉しくなり、ためらいを捨てて一心に扱いた。ふいに、マルスランの手がエディットの手を押しとどめる。

「もういいよ——」

「あ、うまくなかったですか？」

「その逆だ。悦《よ》すぎて、終わってしまう——あなたにお返しをしなければな」

マルスランは起き上がると、素早く上掛けを剥いでしまう。

「きゃっ」

やにわに太腿に両手を掛けられて、押し開かれた。彼が股間を覗き込んでくる。そんなところをまじまじと見られたことなどない。羞恥で目の前がクラクラしてくる。

「やっ、だめ、見ないで……」

「私のせいで、血が出てしまっただろう」

そっと指で割れ目を開かれて、ますますぎょっとする。胎内に外気がすうっと侵入してきて、背筋がぞくりと震えた。そして、暴《あば》かれた花弁《かべん》の奥から、なにかがとろりと溢《あふ》れてきた。それが自分の流した血なのか愛蜜なのかマルスランの吐き出した白濁《はくだく》液なのか、見当もつかない。

「可哀想《かわいそう》に、腫《は》れているな」

マルスランが独り言のようにつぶやき、指先でくちゅりと蜜口《みつくち》の浅瀬を掻《か》き回した。はしたない水音に、耳を塞ぎたくなる。ぬくりと指が中へ挿入《はい》ってきた。

「あっ、だめ、指、挿入《い》れちゃ……」

内壁が無意識に指を締めつけてしまい、じわりと腰に快楽が生まれる。マルスランはじりじりと指を押し進めながら、気遣わしげな声を出す。

「痛いか？」

「そ、そんなに、い、痛くは……あ、でも、なんだかじんじんして……」

昨夜の凄まじい悦楽の名残があるのか、媚肉が熱くなりひくりとおののく。

「そうか。では、舐《な》めてあげよう」

「え？　舐め……？」

言葉の意味を理解する前に、マルスランの頭が股間に潜《もぐ》り込み、内腿を舌で辿った。擽《くすぐ》ったいような痺れるような刺激に、変な声が出た。

「ひゃうっ」

マルスランの熱い吐息が秘所に触れてくる。

「っ……」

エディットは媚肉が淫らにきゅんと疼くのを感じ、思わず目を閉じる。

くちゅりと濡れた熱いものが、陰唇を撫でた。

「んああっ？」

マルスランが花びらを舐め回しているのだと、やっと気がつく。

「や、やめて、そんなところ、き、汚い、です」

おろおろしながら腰を引こうとしたが、マルスランはエディットの太腿に手をかけて、押さえ込んだ。

「私のせいでひどくしてしまったね――綺麗《きれい》にしてあげよう」

マルスランの分厚い舌が花弁を割って中に押し入り、蜜口をぬちゅぬちゅと掻き回した。

「あ、ああ、だめ、あ、だめ、そんなこと……」

秘所を舐めるという信じられない行為に、気が遠くなりそうだ。

それなのに、じわじわ快楽が迫り上がってくる。

「や、やめ……て、もう……」

ぴちゃぴちゃとはしたない音を立てて、舌が蜜口の中を出たり入ったりすると、隘路の奥からとろりと淫蜜が溢れてくるのがわかる。

「甘い蜜が溢れてきたよ、可愛いね」

マルスランがくぐもった声を出し、じゅるっと音を立てて愛蜜を啜《すす》り上げた。その直後、彼は窄《すぼ》めた唇で花芽《かが》を咥《くわ》え込み、吸い上げてきた。

鋭い愉悦が背中を走り抜け、エディットは腰を大きく跳ねさせて嬌声《きょうせい》を上げてしまう。

「あ、あぁっ……あぁああ」

昨夜から刺激を受け続けていた花芯は、驚くほど鋭敏な器官になり変わっていた。

マルスランはぽってり膨れた秘玉《ひぎょく》を軽く吸い上げては、ぬめぬめと舌で転がしてくる。

それは指で触れられるよりずっと優しいのに、与えられる刺激は何倍も強烈だった。

強い尿意を我慢するような痺れが媚肉をきゅうっと収縮させ、つーんとした快感が身体の芯を貫く。

「あ、あ、いやぁ、あ、だめぇ、あ、も、もうっ……っ」

あっという間に絶頂に押し上げられ、エディットはぶるぶると内腿を震わせて全身を硬直させる。目も眩《くら》むような快感に、両足は恥ずかしげもなく緩んで開いてしまう。

「……は、はぁ、は、ぁあ……」

マルスランはびくびくと陸に打ち上げられた魚のように跳ねるエディットの腰を抱え込み、さらにぱんぱんに膨張した陰核をぬるぬると舐め回す。

「や、やめて、も、あ、もう、耐えられない……っ」

その小さな突起の一点だけが燃え上がるような快感を甘受し、もっと奥の胎内が痛いほど飢《う》えていく。ここにも刺激が欲しいと、膣襞がざわめいて止められない。

「お、願い、もう、やめ……つらいの、辛《つら》い……」

あられもなく乱れる自分が恥ずかしくて、両手で顔を覆って甘く啜り泣く。

「もう、やめて欲しい?」

おもむろに舌がくちゅりと抜き取られた。

「んぁ……ぁ、いやぁ……」

堪《こら》え切れない悦楽がふいに消え、突き放されたように媚肉の欲求不満だけが残される。

「ん、んんん、は、はっぁ……」

エディットはぐったりと横たわって、浅い呼吸を繰り返す。

「可愛いね、すぐ達《い》ってしまう」

マルスランが顔を上げ、満足げにため息で笑う。

「う……いやぁ、こんな……私……」

エディットは上気した顔を両手で覆ったまま恥じらう。

「恥ずかしがることはない。顔を見せて」

マルスランに手首を掴まれ、両手をそっと剝がされた。そして顔を覗き込んでくる。

「や……ぁ」

エディットは目を伏せる。マルスランの無骨な指が、額に乱れた髪を優しく撫でつける。

「綺麗だ、エディット——あなたの身体はとても素直で、感じやすくて、可愛い」

マルスランが熱っぽい眼差しで見つめてくる。

自分の痴態をくまなく見られているのに、なぜか子宮の奥は淫らにさらなる刺激を求めて、きゅうきゅううごめいている。

ここを埋めて欲しい、早く擦って欲しい、突き上げて欲しい。

腰がもじついてしまう。

マルスランは薄く笑う。

「もっとして欲しい？」

「……ん……」

エディットは口ごもる。

マルスランはゆっくりと露出した下半身を押しつけてきた。

「あ、ん」

股間にぬるっと熱い屹立が滑る感触に、腰が求めるように前に突き出てしまう。すると、マルスランは意地悪く腰をすっと引いた。

「やっ……」

期待していたものを奪われ、思わず不満げな声が出てしまった。

「これが欲しいのか？」

マルスランは亀頭の先端で、濡れそぼった陰唇を上下に擦る。だが、それ以上は侵入してこない。

「あ、あぁ、あ……やぁ……」

じくじくと痛みを感じるほど、媚肉が飢えを訴える。

「私が欲しいと言うんだよ」

マルスランが少し強い口調で言う。

「あ、そんな……あぁ、ぁ……」

エディットは濡れた瞳で訴えるようにマルスランを見つめた。このままなんて辛すぎる。見返してくる彼の眼差しは、獣のような情欲でギラついていた。その野生味を帯びた表情に、ぞくぞく腰が震えてきゅんと隘路が締まった。

「マルスラン様……」

エディットは縋《すが》るようにマルスランの両肩に手を伸ばした。

「ほ、欲しい……」

あえかな声で訴える。

「欲しい？　何が？」

マルスランが先端でぬるぬると花弁を擦る。わかっているくせに。

「あんっ……やぁっ、こんなの……」

劣情の疼きは耐え難《がた》いくらいエディットを追い詰め、理性の箍《たが》を吹き飛ばしてしまう。

エディットはマルスランの首に両手を巻きつけ、引き寄せた。

「欲しいの、マルスラン様の大きくて熱いのが、欲しい……」

自ら両足を大きく開き、彼を誘う。

「ここに、挿入れてください、お願い、早く、突いて、掻き回して——めちゃくちゃにして……」

悩ましい声で彼を誘惑する言葉が、すらすらと口をついて出た。

「これか？」

と、言うと同時に、マルスランが性急にのしかかり、一気に貫いてきた。

「ああああああっ、あぁあ、あぁっっ」

刹那《せつな》、激烈な快感に頭が真っ白に染まった。

最奥《さいおう》まで届くと、マルスランはゆっくりとひと突きした。

「やあっ、また……あっあ」

瞬く間に絶頂に飛び、エディットは総身をびくつかせ、歓喜の涙をこぼした。

「悦いか？　これが悦いか？」

マルスランは傘の開いた先端で、さらに奥を抉《こ》じ開けるように、ずくずくと突き上げた。

「ひぁ、あ、あぁ、あぁあ……」

突かれるたびに、目の前で悦楽の火花が飛び散り、腰が跳ね上がる。

「んっ、あ、あぁ、あぁあ……」

「悦いと言うんだ」

マルスランは深々と挿入したまま、大きく胎内を搔き回した。

「ひうぅ、あ、そこ、あ……そこ、悦い、あぁ、気持ち、悦い……っ」

剛直に激しく揺さぶられ、子宮全体がきゅうんと感じ入り、どうしようもない媚悦《びえつ》が脳芯まで駆け巡る。

ひと晩でエディットの性感帯を熟知したマルスランは、巧みに感じやすい箇所を突き上げ、擦り、搔き回す。

「あっ、あ、奥、あ、当たる……あぁ、す、ごい、すごいぃ」

子宮口の少し手前の弱い箇所を集中的に攻められると、捏《こ》ね回されても突き上げられても、どうしようもなく感じてしまい、絶頂に達したまま下りてこられなくなる。

「やあ、またぁ、あ、また、達く、あ、やぁ、終わらない、終わらないの……っ」

我を忘れて乱れてしまい、自ら求めるように両足がマルスランの腰に絡みついてしまう。

「可愛い、愛《いと》しいエディット、何度でも達するといい」

マルスランは少し乱暴なほどの律動で、エディットの肉腔を蹂躙する。一度乱れて官能の悦びの渦《うず》に巻き込まれてしまうと、恥じらいも忘れ、一匹の淫らなメスに成り果ててしまう。

「悦い、あぁ、もっと、あぁもっと……」

自分の胎内も貪欲にマルスランを求め、吸いつき奥へ引き込み、包み込んできゅうきゅうと蠕動《ぜんどう》を繰り返す。

「く――っ」

マルスランは吐精感に耐えるように低く唸《うな》り、歯を食い縛る。

彼も自分と同じように気持ちよくなっていることがありありとわかり、エディットの内襞はさらに悦びに打ち震える。

「ん、あ、あ、も、あ、また、達っちゃ……うっ」

数え切れないほどの絶頂を極め、喘ぎ声も掠《かす》れてしまう。だらしなく開いた赤い唇からは、ひいひいと切れ切れに呼吸が漏れる音しか発せられなくなる。

「エディット――」

マルスランはやにわにエディットの腰を持ち上げると、二つ折りにするように身体を折り曲げる。さらに深く結合する体位にされ、真上からがつがつと穿《うが》たれ、意識が遠のきそうになる。

「ひぅ、ひーーー……っ」

エディットはびくびくと全身をおののかせ、最後の絶頂を極めた。

「エディットーーっ」

直後、荒い呼吸と共にマルスランが勢いよく欲望を放出した。

「あーーっっ」

ぐたりと四肢がシーツの上に投げ出された。

「ふーーー」

マルスランは深く息を吐くと、ゆっくりと腰を引く。

「……ぁ、あ、ぁ……」

生温かい白濁液がとろりと股間を伝っていく感覚に、ぞくりと腰が震えた。

「はーーぁ」

力尽きたマルスランが、どさりとエディットの横に倒れ込んできた。

しばらく、二人の浅い呼吸音だけが寝室に響く。

エディットは身体の隅々まで満たされ、これ以上ないほど快楽に酔いしれていた。

「ああ……どうしよう……」

小声でつぶやくと、マルスランがゆっくりと顔を振り向けた、顔に張りついたエディットの後れ毛を優しく掻き上げながら聞き返す。

「どうしたのだ？」

エディットは顔を赤くしながらも正直に答えた。

「こ、こんな気持ちがいいこと、知ってしまうと――やめられなくなりそうで……自分がとてもはしたなくなったようで、恥ずかしいの」

マルスランが目を丸くし、それからぷっと吹き出した。

「く、はは、そ、そうかそうか。やめられなくなるか。それはいい」

エディットはなにがそんなにおかしいのかわからず、きょとんとする。マルスランは目を細め、エディットに触れるだけの口づけを繰り返した。

「あなたは本当に可愛い。エディット――結婚式をすぐにでも挙げよう」

「結婚式？　ほんとうに？」

エディットは目を輝かせる。

「もちろんだ。あなたは王妃になるのだからな。なるべく早く執り行おう。その方が、あなたの父上も安心なさるだろう」

「あ……そう、ですね」

ちょっと意気込んだ気持ちが削《そ》がれてしまう。マルスランは、正式に結婚したと父王に強く印象づけ、一刻も早く支援を確実に受けたいのだろう。でも、それでも構わないと思い返す。夢がまたひとつ叶うのだ。

「ウェディングドレスは、長ーいレースのヴェールを被りたいんです。ドレスのトレーンもうんと長くして、可愛いヴェールガールを何人も揃えて裾《すそ》持ちをしてもらうの。ブーケは白薔薇《しろばら》がいいです」

「うんうん、それから？」

「ティアラは真珠。アクセサリーも断然真珠がいいわ。陛下も純白の礼装をお召しになってくださいね。あとね、聖堂の周りに真っ白な鳩をたくさん飛ばしたいわ。花火もたくさん上げたい」

「わかった。なにもかも、あなたの望み通りにしよう。早速手配と準備をさせるよ」

マルスランが鷹揚にうなずく。

「嬉しい！　ああ楽しみ、今からドキドキします」

エディットは、はしゃいでマルスランの首に抱きつき、彼の頰や鼻先に口づけの雨を降らせた。マルスランの白皙《はくせき》の顔がわずかに赤らむ。

「そろそろ私は起きて教練の準備をするとしよう。あなたはゆっくり休んでいなさい。適当な時間にあなた付きの侍女を寄越す。あなたの部屋が準備できるまでは、趣《おもむき》に欠けるが私の部屋で過ごしてもらうが、構わないかな？」

「はい！」

「よい返事だ」

マルスランがゆっくりと起き上がる。彼が天蓋幕《てんがい》を押し上げる。うっすらと差し込んだ朝日の中に、引きしまったマルスランの裸体が浮かび上がり、エディットはうっとりと見《み》惚《ほ》れてしまう。男性の裸がこんなにも美しいものだなんて、初めて知った。あの腕に抱かれ、あの背中にしがみついたのだと思うだけで、身体がじわりと熱くなる。

「では今日は公務が詰まっているので、晩餐《ばんさん》でまた会おう。それまで、なんでも希望は遠慮なく言いなさい。できるだけ望みに沿うようにする」

マルスランは床に落ちていた部屋着を羽織ると、右手を振って寝室を出て行った。エディットも軽く手を振り返す。

「うふふ」

新婚っぽいこそばゆさを感じ、羽枕に頭を沈め、エディットは思い切り伸びをした。

日が高く昇る頃、マチルドが寝室に現れ、二度寝していたエディットを揺さぶった。

「姫様、姫様、そろそろお目覚めなさいませ！　もうすぐ王妃になられるのですよ。いつまでも王女様気分ではいけません！」

「うぅーん……起きるわ、起きるから」

　エディットは目を擦り擦り半身を起こす。マチルドが乱暴に上掛けを剝がす。

「さあさあ起きてください！」

　彼女はエディットが生まれたときからずっと乳母として仕えてきた。母王妃の顔を知らずに育ったエディットにとっては、頼もしい母親代わりの人でもあった。

　マチルドはガウンを着せかけながら、少しせかせかした口調で言う。

「沐浴《もくよく》して、お着替えし、お食事をすませたら、やることが山積みでございますよ」

「やること……？」

　マチルドは背後に控えていた、祖国から同伴してきた侍女たちを見遣《みや》る。全員が手に手に抱え切れないほどの布や宝石箱、書物を携えていた。

「陛下が、ウェディングドレスや結婚式用の装飾品などの見本を山ほどお届けになられたのです。姫様のご希望に沿うようなものを、お選びになってくださいとのことです」

「は、早い……っ」

　エディットはマルスランの手回しのよさに驚いてしまう。有言実行の人なのだ。

　急いで着替えて朝食をすますと、エディットは居間中に見本やカタログを広げた。そして、マチルドや侍女たちとああでもないこうでもないと、賑《にぎ》やかに結婚式の準備の打ち合わせをした。

「姫様にはこちらのニードルレースのヴェールがお似合いかと」

「いえいえ、幾何学《きかがく》模様の美しいボビンレースの方がより豪華に見えましょう」

「ロングトレーンはどのくらいの長さにしましょうか？」

「歴代の王妃様の結婚式の肖像画を参考に、一番長いものにしたいですね」

「ヴェールガールは、陛下にお頼みして、高級貴族のご令嬢たちを選んでいただきましょうか」

マチルドをはじめ侍女たちが、この結婚式に意気込んでいるのがありありとわかる。同伴してきた侍女のほとんどは、長年エディットに忠実に仕えてくれた者ばかりだ。彼女たちはエディットがあと二年で命を終えることを承知していて、悲嘆に暮れていた。だから、エディットが結婚することになってみんなが歓喜した。彼女たちは、エディットが最期まで幸福な結婚生活を送れるようにと、心を砕いてくれているのだ。

エディットは侍女たちの嬉しそうな様子を見ているだけでも、この結婚を決断してよかったと思えた。

夕刻までには、ウェデイングドレスや装飾品などの素材やデザインなどについて、おおまかなことは決まった。

エディットはソファに背をもたせかけ、頬を染めて大きく息を吐いた。

「ああ疲れたわ——でも、とても楽しかったわね」

「みんなで最高の選択ができました。早速陛下付きの侍従に連絡をさせましょう」

マチルドが立ち上がったので、エディットは止《とど》めた。

「あ、待って。私が直接、マルスラン様にお知らせするわ。そろそろご公務も終わられる時間だし」

マルスランがニコニコとエディットの報告を聞く姿を想像するだけで、胸が弾んでくる。

「その方がようございますね。お供いたします」

エディットはマチルドを従え、城の侍従にマルスランの執務室へ案内させた。

そういえば、マルスランの働く姿を見るのは初めてだ。それも、ワクワクする。

マチルドが執務室の扉をノックしようとして、ふと手を止める。そして、小声でエディットに告げる。

「ご来客中のご様子です。それに、中から言い争うお声が――」

「言い争い？」

エディットが首を傾げた直後、執務室の中から声高に言う男性の声が響いてきた。

「オリオールの王女は、どうせすぐに死んでしまわれるのですぞ！」

エディットはびくりと身を竦《すく》ませた。

自分の話をしている。

「サザール宰相口を慎め。私の妻に対して、不敬であろう」

マルスランの地を這うような低い声が答えた。こんな怖い声を出す人だったのか。

「しかし陛下、大々的に結婚式を挙げるなど、金の無駄ではありませんか。その分の予算を国庫に回した方が、よほど有益です」

「無駄ではない。オリオール国王からは、エディットの望むことはなんでも叶えるよう言われている。そのための援助は惜しみなくしてくれると約束してくれた」

「ですから、援助は遠慮なく受け、資金は別途に使うのです」

「私はそのような卑劣《ひれつ》な手段は使いたくない。エディットがどんなに傷つくか」

「――相手はただの金づるではないですか」

「！」

エディットは屈辱で足が震えてくる。

マチルドが怒りを抑えた声を出す。

「なんて無礼な――姫様、もうお部屋に戻りましょう」

腕を引いて促された。だがエディットはそっと腕を外す。

負の気持ちに負けたくない。

「マチルド、ノックをして」

「え、でも――」

「ノックをしてちょうだい」

「は、はい」

マチルドが遠慮がちに扉をノックし、声がけした。

「エディット王女様がおいでです」

中の会話がぴたりと止まる。マルスランがすぐ返事をした。

「入りなさい」

マチルドが扉を開くと、エディットは素早く満面の笑みになった。そして、踊るような足取りで執務室の中に入る。

「陛下、まだお仕事中でしたか?」

窓際の執務机の前に硬い表情のマルスランが座り、その前に偉そうな初老の貴族が立っていた。サザール宰相と呼ばれていた人物だろう。サザール宰相は一瞬じろりとエディットを睨《にら》んだが、すぐに頭を深く下げた。

マルスランはぱっと表情を和らげた。

「いや、もう仕事は終わるところだ。サザール宰相、話は終わりだ。下がれ」

「は、失礼します。陛下、王女殿下」

サザール宰相は低い声で答え、そのまま執務室を下がった。

扉が閉まると、マルスランはいつもの優しい声を出す。

「どうかな？　ウェディングドレスのデザインは決まったかい？」

エディットはとびきり無邪気な笑顔を持参していたカタログを開いてみせた。

「はい！　見てください。スカートのトレーンを十五メートルにして、それを全部手織りのニードルレースで作ることにしました。このトレーン、歴代最長なんですよ！　装飾品は南の海で獲れる大粒の真珠で揃えようと思います」

「うんうん、いいな、とても綺麗だ。最高だね」

マルスランは何度もうなずきながら聞いている。

エディットは、はしゃいだ様子で言い募る。

「それから、結婚式の後に、無蓋《むがい》の白い馬車で街をパレードしたいの。もちろん白馬で揃えて。沿道の人たちにお花を配って、投げてもらうんです。それと、結婚記念のお菓子を作って、国民みんなに配るのはどうでしょう？」

「それはいい考えだ。だがお菓子は日持ちがしないから、どうだろう、私たちの肖像を入れた記念金貨を配布するというのは？」

「素敵！　その方がいいですね！」

「よし、早速手配するよ」

「それと、新婚旅行はマルスラン様のご予定が合えば、ぜひ国外に行きたいの。私、これまで旅行ってしたことが一度もないから、風光明媚《ふうこうめいび》な国を巡ってみたいわ」

「無論、スケジュールはあなたに最優先で合わせるとも」

「それから、それからね――」

次から次へと結婚式への夢を語っているうちに、エディットは胸がせつなくなり涙が溢れそうになってきた。

先ほどのサザール宰相の言葉が、心に深く突き刺さっていた。

『どうせすぐに死んでしまわれるのですぞ！　金の無駄です！』

確かに無駄なのかもしれない。

わずか二年で死んでしまう自分が贅沢な夢を叶えるのは、わがままなのかもしれない。

でも――。

マルスランの前では無邪気なふりをしたい。

めそめそしたり、陰気になって彼の気分を害したりしたくない。

大好きな人とニコニコと笑って暮らしたい。

急に無口になってしまったエディットの顔を、マルスランが気遣わしげに覗き込んできた。

「どうした？　気分が悪くなったのか？」

「い、いいえ。お腹が空《す》いただけです。午後中ずっと、ドレスや装飾品選びに没頭していましたから」

「ふふ――可愛いね」

マルスランがエディットの頭を優しく撫でた。そして背筋をしゃんと伸ばすと、右肘を曲げ少しおどけて促す。

「では、奥様。晩餐《ばんさん》に行くとしましょうか？　今夜も、我が国の名物料理に料理長が腕を振るってくれているはずだぞ」

「わあ、楽しみです」

エディットはマルスランの右腕に自分の腕をくぐらせ、寄り添った。甘えるように彼の腕に頬を擦りつける。

扉の横で待機していたマチルドが静かに扉を開いた。彼女の目に光るものがあった。エディットを不憫《ふびん》に思っているのだろう。

これまでは、祖国の父王やマチルドはじめ周囲の者たちのそういう同情と哀れみの眼差しには慣れっこになっていた。

でも、今は少しだけ苛立《いらだ》たしく鬱陶《うっとう》しい。

結局は、「どうせ死んでしまうのだから」という本音が強く感じられるからだ。それは、さっきのサザール宰相のひどい発言と、根源は同じような気がした。

世界中から見捨てられているような孤独感が、ひしひしと胸に迫ってくる。

一方で、マルスランはエディットのことをどう考えているのだろう。

エディットはエスコートしてくれているマルスランの顔をちらりと見上げた。

彼は最初からとても丁重に扱《あつか》ってくれる。エディットの望みをなんでも優しく叶えようとしてくれる。夫として接してくれるし、先ほどのサザール宰相の暴言にも、本気で怒っていたようだった。

それはやはりエディットが「金づる」だからか。

ただ、そういう素振りを少しも見せないように気遣ってくれている。

マルスランからは、最初に感じたような哀れみも蔑視《べっし》ももう感じない。

それがとても心地よく嬉しく、だから好きになってしまったのだろう。

ほんとうは、嘘と演技が巧みな人なのかもしれないのに。

「ん？　私の顔になにか付いているかい？」

エディットの視線に気づいたマルスランが、穏やかに見下ろしてくる。エディットは慌てて言い繕った。

「い、いいえ、その、ハンサムで格好いいなあって思って」

マルスランの目元がほんのり赤くなる。

「それはどうも――あなたに褒められるとなんだか照れるな。あなたも、天使のように愛らしく可憐《かれん》だよ」

「そ、それは、どうもです」

エディットも顔が熱くなる。

二人は擽ったそうに顔を見合わせてくすくす笑った。

エディットはマルスランの真意を探ることはすまいと、自戒した。この恋を大事に育てたい。マルスランに失望したくない。

エディットはぎゅっとマルスランの腕にしがみついた。


——一方で。

執務室から追い払われたサザール宰相は、城の中の自分の執務室に戻ると、忌々《いまいま》しそうに吐き出す。

「くそ、あの若造陛下め。王位に就いたばかりの頃に、わしがいろいろ助言して助けてやった恩も忘れよって。生意気な」

三百年前、カルタニア王国は、バーン王家が権力を握っていた。だが王家は子に恵まれず直系が断絶してしまった。そこで、当時の貴族議会はバーン家の親戚筋にあたるアーロン家の長子を即位させた。それが今のマルスランの祖先である。そして、サザール宰相は、バーン王家の遠縁の血筋の家柄であった。彼は密かに、バーン王朝再興の野望を抱いていた。自分の家柄こそが、正当な王家の血筋だと信じて疑わなかった。

前国王は意思薄弱な性格で、宰相の座に収まったサザールの言いなりだった。サザール宰相は国力を高めるために、前国王を唆《そその》し、侵略や戦争をけしかけた。その前国王は早逝し、王子のマルスランがわずか十八歳で即位したときには、もはや己の春が来たとばかりに小躍りしたものだ。若く未熟な国王を意のままに操り、やがては一人娘のテレーズを娶《めと》らせ、子を産ませ、さらに自分の権力を確固たるものにするつもりだった。バーン王朝が復活する日もそう遠くないだろう。そう思いほくそ笑んでいたのだ。

だが。

マルスランは才気煥発《さいきかんぱつ》な若者だった。文武両道で、日々精進することを厭《いと》わなかった。彼はみるみる国王としての才覚を現し、国勢を伸ばした。国民たちのマルスランへの支持も絶大なものがあった。先年、大災害に見舞われるまで、カルタニア王国は目覚ましい発展を遂げていたのだ。

サザール宰相にとっては、エディットは大国オリオールの援助を得るための道具に過ぎない。オリオール王国から搾れるだけ搾り取って、二年後にエディットには速やかに死んでもらうつもりだ。

国の復興を第一とする現実主義者のマルスランも、サザール宰相と同意見だと思っていた。

しかし、サザール宰相はマルスランの態度の変化に不安を感じていた。

国政一筋で浮いた話のひとつもなかった堅物のマルスランが、小娘の王女に蕩《とろ》けそうな笑顔を見せたりしている。まさか彼女に本気になるということはあるまいが、変に執着されても扱いにくい。そろそろ、自分の一人娘のテレーズをマルスランにあてがうつもりだったからだ。

「なにか手を打っておかねばなるまいな。そうだ、ダーレン国の王に密書を送っておくか」

サザール宰相は狡賢《ずるがしこ》そうな笑みを浮かべ、机に着くと文をしたため始めた。


マルスランは結婚式の準備を着々と進めた。

エディットが嫁いできてひと月後には、すべての手筈《てはず》が整った。エディットの望んだことは、すべて網羅されていた。あまりに完璧で速いので、エディットが慌てたくらいだ。

結婚式前日の夜。

熱く身体を重ねた後、エディットとマルスランは、気だるい陶酔《とうすい》に包まれて生まれたままの姿で抱き合っていた。

マルスランの腕の中で、エディットは満足そうにため息をつく。

抱かれるたびに官能の悦びが深まり、もう無垢な処女だった自分が思い出せないほど淫らな身体になってしまった。でも、それがとても嬉しい。

大好きなマルスランの色に染められていくのが、幸せでならない。

エディットの髪を優しく撫《な》でていたマルスランが、ふと思いついたように言う。

「結婚のお祝いに、あなたに子犬か子猫でも贈ろうか。小さな生き物を育てるのは、心の慰めになるぞ」

「わあ、嬉しい！」

エディットはぱっと顔を綻《ほころ》ばせる。だがすぐ、首を横に振った。

「いえ……お気持ちだけいただきます」

「生き物が苦手か？」

「ううん。犬も猫も馬も牛も鳥も、動物は大好きです」

「では——」

「私より長生きする生き物は、嫌です」

小声で言うと、マルスランがハッとしたように髪を撫でている手を止めた。

「可愛がってなついてくれたのに、残していくのはあまりに不憫です。だから——」

「無神経なことを言った。すまない」

マルスランが生真面目に謝罪した。彼の悪いと思うとすぐに謝ってくれるところも、好きだ。

「いいえ、でも——そうね、寿命の短い生き物なら、飼いたいです」

「そうか——では短命種の小鳥でも探して贈ろうか」

「小鳥！　綺麗な色の小鳥がいいわ！」

「わかった。手配させる」

「ああ嬉しい。ありがとう、マルスラン様。ほんとうは、自分のペットがずっと欲しかったの。また夢がひとつ叶ってしまいました」

マルスランの胸に顔を埋め、すりすりと頬を擦りつけて甘えた。

「エディット——」

マルスランの声色がひどくせつないものに聞こえた。

そんな声を出さないで。

同情しないで。

可哀想だと思わないで。幸せなんだから。

エディットは目を瞑《つむ》り、胸の中でつぶやいていた。

結婚式当日は、雲ひとつない晴天に恵まれた。

カルタニアの首都の中心に聳《そび》え立つ荘厳な大聖堂の祭壇の前に、マルスランとエディットが並び立ち、今まさに司祭へ婚姻の誓いを口にしようとしていた。

「マルスラン・アーロン、あなたは健やかなる時も病める時も、富める時も貧しい時も、その命ある限り、互いに真心を尽くし愛すことを誓いますか？」

重々しい司祭の言葉に、マルスランは朗々とした声で答える。

「誓います」

純白の婚礼礼装に身を包んだマルスランは、堂々として凛々《りり》しく男らしく、エディットには世界で一番格好のいい花婿に見えた。

方やエディットは、自分の選んだプリンセスラインの豪華なウェディングドレスに身を包み、手の込んだレースの長いトレーンの裾は、彼女の背後に純白の花畑のように美しく広がっていた。薄化粧を施した人形のように整った美貌を、わずかに赤く染めて恥じらう姿は、初々しく清らかだ。

司祭が同じ誓約をエディットに問うてくる。

「――誓いますか？」

エディットは緊張して、少し声が震えた。

「誓います」

司祭が重々しく告げた。

「神の名のもとに、両人は夫婦となりました――では、誓いのキスをどうぞ」

マルスランはエディットに向き直ると、顔を覆っていたヴェールをそっと持ち上げた。

エディットの心臓は破裂しそうにドキドキ言っている。マルスランが目を細めた。

「綺麗だよ、エディット」

彼の端整な顔が寄せられ、唇がそっと重なった。

エディットはこの瞬間を死ぬまで胸に深く刻んでおこうと、目を瞑って口づけを受ける。

柔らかな感触は、気が遠くなりそうなほど心地よかった。

大聖堂を埋め尽くした招待客たちが、盛大な拍手を始める。

少年聖歌隊が明るい祝婚歌を合唱する中、マルスランとエディットは腕を組んでバージンロードを歩いた。

招待席の最前列には、オリオール国王もいて涙を浮かべながら拍手をし、娘の結婚を祝ってくれている。エディットは父王の前を通り過ぎるときに、ちらりと視線を交わし、うなずき合った。

二人が大聖堂の正門前に姿を現すと、用意されていた無数の白鳩がいっせいに放たれた。

そして、沿道を埋め尽くした民たちから嵐のような歓喜の声と拍手が沸き起こった。みんな、あらかじめ配られていた花籠《はなかご》を手に持ち、二人に花の雨を降らす。

「おめでとうございます！　国王陛下、王妃殿下！」

「おめでとうございます！」

「万歳！　カルタニア王国に栄えあれ！」

　エディットは感激のあまり声を失って棒立ちになっていた。

　マルスランが身を屈《かが》め、小声で耳打ちする。

「我が国の民たちは全員、ひと目であなたに恋をしてしまったようだぞ。そら、笑って手を振ってあげなさい」

「は、はい」

　にっこりと笑って手を振ると、わあっと歓喜の声はさらに高まった。

「なんて美しい！　この国に幸せを振り撒《ま》きに来た天使のようだ」

「王妃様の祖国が我が国に多大な援助をしてくださるそうだ。これでカルタニア王国も立ち直れる！」

「まさに幸福の女神だ！」

　次々沸き起こる賛辞の声を聞きながら、エディットはマルスランと共に、この日のために新しく作られた純白の無蓋の馬車に乗り込み、中央大通りをゆっくりとパレードした。

　首都中を揺るがすような祝福の歓声は、途切れることがなかった。

　エディットは自分の結婚により、この国の人々を助けることができてよかったと心から思った。誰かのためになること、誰かを幸せにすること――それが、こんなにも胸の熱くなることだったとは。

王女として生まれたが、不幸な呪いを掛けられたせいで、父王の過剰な庇護《ひご》のもと外の世界を知らず、ずっと温室育ちだった。

だから、王家の人間として民たちに接するのはこれが初めてといっても過言ではない。マルスランは王として、こんなにも多くの国民を幸せにする義務を負っているのだ。なんて立派なのだろう。

この人を支え、この人と一緒にずっと生きていければ——。

叶わぬ望みが込み上げてきて、エディットは声を上げて泣きそうになってしまった。嗚《お》咽《えつ》を堪えていると、隣に座っているマルスランが、素早く懐からハンカチを出して差し出す。

「花嫁の幸せな涙なら、幾ら泣いてもいいんだよ」

エディットはハンカチを受け取り、涙を拭《ぬぐ》う。そしてすぐに笑みを浮かべた。

「ありがとうございます。あんまり幸せで——」

と、大聖堂を背景に景気のいい音を立てて、色とりどりの花火が上がった。

「なんて綺麗——私が望んだ通りに、なにもかも……」

あまりにも美しい光景に、エディットは泣くのも忘れてしまう。

人々の歓声はさらに大きくなる。

エディットはマルスランに寄り添い、深くため息をついた。

「ああもう、いつ死んでもいいわ」

口にしてから、慌てて冗談混じりに笑う。

「なんて、ほんとに死ぬんですけれどね、うふふ」

すると、マルスランは見たこともないような苦しげな笑顔を浮かべた。

そんな風に辛そうに笑わないで欲しい。

エディットはわざとはしゃいだ声を上げる。

「ほらマルスラン様、お城が見えてきましたよ。晩餐会のメニューには、私の祖国の名物料理、イースト入りの揚げドーナッツをデザートに入れたのよ。美味しくて最低でも二回はお代わりしますよ。ほっぺたが落ちないように、今から心していてくださいね」

マルスランが眩《まぶ》しそうに目を細め、白い歯を見せた。

「楽しみにしていよう。私は三回はお代わりするぞ」

エディットも同じように笑い返す。

二人のその様子は、はたから見るとあまりにも幸せそうだった。


賓客を招いての晩餐会、その後の披露宴を兼ねた舞踏会と、結婚式の一日はたくさんの行事が続いた。

国王夫妻が最後の賓客の挨拶《あいさつ》を受け終わったのは、夜更け過ぎであった。

ずっと笑顔でいたので、顔が強張《こわば》っている。さすがにエディットは疲労困憊してしまった。

夫婦の部屋に戻る途中の廊下で、エディットは歩きながらこくこくと船を漕《こ》いでしまった。

「エディット、疲れたろう」

マルスランが軽々とエディットを横抱きにした。

「ん……あ、ごめんなさい……」

慌てて目を擦ると、マルスランが首を振る。

「今日の主役はあなただ。素晴らしい花嫁ぶりだったよ。誰も彼も、あなたの魅力の虜《とりこ》になっていた。災害で暗く落ち込んでいた我が国に、あなたは救いの女神のように現れた。私は心から誇らしかった」

褒められて、エディットは胸がきゅんとする。

「私、嫁いできてよかったです」

「うんうん」

マルスランは、ドレスの裾持ちのために部屋の前まで付き従っていたマチルドに顔を振り向け、優しい口調で告げた。

「ご苦労。お前も今日一日、エディットによく仕えてくれた。今宵はもう引き取って、ゆっくり休むといい」

ねぎらいの言葉を掛けられたマチルドは、感激したように頬を染める。

「もったいないことです。では、これで失礼いたします」

マチルドは深々と頭を下げ、下がった。

マルスランは部屋に入ると、エディットをそっとソファに下ろした。

「さて、奥様には私から贈り物があるんだ」

エディットは目を輝かせる。

「まあ、なにかしら！」

マルスランは奥の部屋に行くと、鳥籠を抱えて戻ってきた。

「これだよ」

「ああ、小鳥ですね！」

籠の中には、目も覚めるような明るい黄色の小鳥がいる。頭に飾り羽があって、目がくるくると丸くとても愛らしい。小鳥は止まり木や中にしつらえてある小さなブランコに飛び移っては、しきりにこちらを見ている。

「なんて可愛いの！」

覗き込むと小鳥は首を傾げてエディットを見返す。そして、嘴《くちばし》をもぐもぐと動かした。

そしてやにわにおどけた声で囀《さえず》った。

「エ、エ、エディット、エディット」

エディットは目を丸くする。

「喋《しゃべ》ったわ！　しかも私の名前を！」

マルスランが得意そうに言う。

「この小鳥は、森林の奥に生息している非常に賢い種だ。中には、魔法使いの伝書役に飼われることもあるそうだよ。根気よく話しかけると、もっといろいろ喋るようになるぞ」

小鳥がさらに囀る。

「エ、エ、エディット、カワイイ、エディット」

エディットは顔が赤くなった。

「まあ！」

マルスランはにやにやしながら、鳥籠をソファの前のテーブルに置いた。

「なにか温かい飲み物を持ってこさせよう。しばらくこの鳥と遊んでいなさい」

「はい」

エディットは去っていくマルスランの背中を気持ちを込めて見送る。

「うふふ」

彼が小鳥相手に言葉を教えている姿を想像すると、可笑《おか》しいやら微笑ましいやらで笑いが込み上げてきてしまう。

「カワイイ、エディット」
小鳥が囀る。
「う……」
突然、涙がどっと溢れた。
嬉しい、幸せだ、でも――せつない。
こんなにも幸せな気持ちになれるなんて、思ってもいなかった。
そして、知ってしまったら永遠に失いたくないと強く願ってしまう。
それは不可能なのに。
エディットは必死に涙を堪える。
泣くもんか。声を上げて泣いたら、もう止められなくなってしまう。
マルスランを心配させてしまう。
エディットは小鳥に小声で話しかける。
「マルスラン、素敵なマルスラン」
小鳥が首を傾げ、エディットの声にじっと耳を傾ける。
部屋を出ると、マルスランは侍従を呼んで温かい飲み物を頼んだ。
そこへ、長いローブを羽織った髪の長い背の低い男が現れた。手に杖《つえ》を持っている。

王家付きの魔法使いの一人だ。

「陛下――」

マルスランは表情を引きしめた。

「おお、お前か。どうだ？　エディットの呪いを解く魔術は見つかったか？」

男は首を横に振った。

「申し訳ありません、全員で八方手を尽くして探しておりますが、まだなにも――王妃殿下に掛けられた呪いは、それは強固でして」

諦《あきら》めたような魔法使いの返事に、マルスランはかっと頭に血が上った。

「それがお前たち魔法使いの役目だろう！　なんとかするんだ！」

大声で怒鳴られ、魔法使いはびくりと肩を竦めた。これまで、マルスランが臣下や使用人に対して声を荒らげたことはなかったからだ。

「あ――」

マルスランも自分が激昂《げっこう》していることにハッとし、慌てていつもの冷静な口調に戻そうとした。

「すまぬ、大声など出して――それと、カルロの行方はわからぬか？」

魔法使いはうなだれる。

「残念ながら。大魔法使いであるあのお方は、完全に気配を遮断できます。この広い大陸のどこにおられるか、見当もつきません。我らのような平凡な魔法使いでは、あの方に接触できる術がございません」

「そうか。わかった、引き続き調べてくれ。ご苦労だった。下がれ」

「は」

男が杖を振り、音もなく姿を消した。

「くそ――」

マルスランはまだ感情の昂《たかぶ》りを抑えることができず、拳で壁をドン、と叩いた。

「こんなことなら、あの時、父上に逆らってもなんとしてもカルロを引き留めるべきだった。彼は根っからの放浪者だ。いつ戻るとも知れぬ。私の大失態だ」

マルスランはエディットの底抜けに明るい笑顔を思い浮かべると、胸がキリキリと痛んだ。

エディットを助けたい。

生かしたい。

いつの間にか、そう強く思うようになっていた。

はじめは残酷な呪いに掛かった悲運の王女に、同情していた。父親か兄のような庇護的な感情を抱いていた。

だが、エディットを深く知るにつれて、その感情はどんどん変化していった。

一人の女性として、エディットに惹《ひ》かれていく。
二年ではあまりにも短すぎる。
ずっと一緒にいて、彼女と生きたい。離したくない。
エディットを失いたくない。
もっともっと可愛がって、幸せにしてやりたい。
なにものにも代え難い大事な大事な人。
「ああエディット――」
――自分は生まれて初めて恋に落ちたのだ、と気がついた。
華やかな結婚式を挙げた夜に、マルスランの苦悩は深まるばかりだった。

第三章　勿忘草《わすれなぐさ》

マルスランは多忙なスケジュールをやりくりし、エディットとの新婚旅行の計画を立ててくれた。二人はひと月後に、中央大陸の風光明媚《ふうこうめいび》な国々を巡る旅に出ることとなった。

エディットは旅立ちの日を指折り数え、マチルドや侍女たちと共に旅行の準備に余念がなかった。

来週はいよいよ新婚旅行に出立というある日の午後。

エディットは、マルスランが自分の私室の向かいに改築させた新しい部屋で寛いでいた。

居間のソファに腰を下ろし、「プラーテ」と名付けた黄色い小鳥を指に止まらせ、しきりに話しかけていた。

「おはよう、プラーテ」

プラーテは小首を傾げ、じっとエディットの顔を見ている。嘴《くちばし》が、なにか喋《しゃべ》りそうにもぐもぐ動く。

「オ、ハヨ、オハヨー」

「まあ、もう言えるようになったの？　ほんとうにお利口さんね」

エディットは顔を綻《ほころ》ばせる。プラーテはとても賢く、エディットの顔をすぐに覚えてとても懐いてくれている。

そこへふいに、案内なしにマルスランが訪れた。

「エディット、少しいいだろうか？」

エディットはプラーテを籠《かご》に戻すと、さっと立ち上がりマルスランに抱きつく。

「マルスラン様！　突然のおいでですね。嬉しい！」

「ふふ、あなたは子犬のように飛びついてくるね」

マルスランは優しくエディットの額に口づけした。

それから、真面目な表情になって言う。

「話がある。座ろうか」

「はい」

二人はソファに並んで座った。マルスランはエディットの両手を取ると、まっすぐ顔を覗き込んできた。

「あなたには本当にすまないのだが、新婚旅行の予定を一週間ほど延期してもよいだろうか？」

エディットは目を瞬く。マルスランはこれまでずっと、エディットとの約束を優先してくれていた。その彼が言うのだから、よほどの事情か。

「私は構いませんよ。でも、どうなさったの？」

「うん——北の国境付近で山崩れが起こり、多くの村が土砂に呑《の》み込まれたとの報告が来た」

「えっ？」

「あなたも知っているように、我が国は去年大きな嵐に襲われ水害に見舞われた。各地の地盤はまだ緩んでいるところが多い。二次被害三次被害も後を絶たない。先週、雨が続いただろう？　それでまた災害が起こったんだ」

「そうなのですね」

「私は直《ただ》ちに視察に行こうと思う。この目で、被害の実態を把握したいんだ。そのため、新婚旅行の予定を少しずらして欲しい。あなたがとても楽しみにしていたのに心苦しいが、どうか頼む。この通りだ」

マルスランはエディットの両手を握ったまま、頭を深く下げた。

国王の身でありながら頭を下げて頼み事をするなんて——二人だけのときは、マルスランはただの夫として振る舞っているからこそ、それがとても胸に沁《し》みる。

エディットはきゅっと彼の手を握り返した。

「とんでもないわ。お国の一大事ではないですか。私になど遠慮せず、どうかお出掛けください」

　マルスランがほっとしたように頭を上げる。

「ありがとう。あなたならそう言ってくれると思っていたよ」

　マルスランはおもむろに立ち上がった。

「では、すぐに支度をして――」

　エディットは、はたと思いつく。

「あの――私もご一緒させてもらうわけにはいきませんか?」

「え?」

　顔を振り向けたマルスランの目を見上げ、真剣に訴えた。

「この国の現状を、私もこの目で見たいんです」

　マルスランがわずかに厳しい表情になった。

「エディット、これは物見遊山とはわけが違う」

「わかっています。遊びに行くつもりはありません。ただ、マルスラン様のお仕事を、この国のことを、私ももっとよく知りたいの――だって」

　エディットは気持ちを込めて訴える。

「私は、この国の王妃になったんですもの」

「エディット――」

マルスランはひどく心打たれたように視線を揺らがせる。

「わかった。ではあなたも同行しなさい。ただし、決して危険は冒《おか》さず、馬車から降りたりしないように。現場はきっと足場がひどく悪くなっている。あなたにもしものことがあったら、私は――」

マルスランは一瞬言い淀《よど》んだ。

「――あなたの父上に顔向けできないからね」

「わかりました。お言葉通りにします」

エディットは真顔でうなずいた。

翌日急遽、エディットはマチルドを伴い、マルスランの視察の一行に同伴することとなった。

「王妃様、事故現場へおいでになるなんて、危のうございます。おやめになられた方がよろしゅうございます」

マチルドは反対したが、エディットの意思は固かった。一度言い出したら梃子《てこ》でも動かない、頑固なところがあるエディットの性格を把握しているマチルドは、最後にはしぶしぶ了解した。

マルスランは愛馬に跨《また》がり、視察隊の隊列の中ほどに位置して進んだ。

列の後方の馬車から、姿勢よく馬を操る颯爽とした彼の姿を眺め、なんて頼もしいのだろうと、エディットは恋心がいや増すのを感じていた。

しかし、一度首都を出ると、そんな甘い気分も吹き飛んでしまった。

地方の街や村は、がれきの残る場所も多く、道路も亀裂が入っていたり土砂が崩れたままだったりした。水害で家を失った人々は、仮設のテント暮らしを余儀なくされている。家も仕事も失った人々の表情は暗い。

オリオール王国から嫁ぐときは、一番安全な経路を辿ってこの国に入ったので、気がつかなかった。王城がある首都は、最優先で復興されていたのだ。

エディットは馬車の窓から見る無惨な災害の爪痕に、次第に言葉を失っていった。

半日かけて、一行は災害地の村に辿り着いた。村のほとんどが山崩れの土砂に埋まってしまったという。

国が派遣した兵士たちが、懸命にがれきや土砂を取り除いて、生き埋めになった人々を救出している。

雨が上がったばかりで、地面はひどいぬかるみだった。

マルスランはひらりと下馬した。彼は長靴が泥だらけになるのも構わず、待ち受けていた村長や村人たちに歩み寄り、話を聞いている。

エディットは窓から顔を出し、村の惨状を見遣《みや》った。救出された村人たちが、次々に担架に乗せられて、村の広場に運ばれていく。

ふいに、泥だらけの一人の女性がマルスランに駆け寄り、泣きながら足元に縋《すが》った。

「陛下！　お願いします！　そこに、私の息子が生き埋めになっているのです！　どうかお助けください！」

護衛兵たちが女性を引き離そうとすると、マルスランはそれを止《とど》めた。女性が指差す方向には、土砂で押し崩された小さな石造りの家があった。潰れた屋根の下から、か細い少年の泣き声が聞こえてきた。

「救助は？　派遣兵たちはどうした？」

マルスランが声を張り上げると、泥まみれの兵士が息せききって駆けつけてくる。

「陛下、人手が足りません！　みな必死で救助活動をしております。もう少しお待ちください！」

マルスランは厳しい表情になる。屋根の下の少年の泣き声は次第に細くなるようだ。

「間に合わない！」

やにわにマルスランは羽織っていたマントを脱ぎ捨て、

「護衛兵たち、私に続け！」

と命令し、崩れた家に走っていく。

マルスランは崩れた屋根に両手をかけると、全力で持ち上げようとした。護衛兵たちもそれに倣《なら》い、屋根に取り付き、全員で屋根を動かそうとする。

マルスランが怒鳴った。

「いいか、声を掛けるぞ！　一、二、三、でいっせいに持ち上げる。いくぞ！　一、二、三！」

マルスランと護衛兵たちはうおっと掛け声を掛けながら、力を込める。

「ああ、ああ、息子を——息子を——」

動転している女性は、マルスランに縋りつこうとする。

見ていたエディットは、とっさにマチルドに命じた。

「マチルド、降ります！　扉を開けて！」

「いけません、王妃様。危険だと——」

マチルドが言い終わる前に、エディットは自分で扉を押し開け、そのまま泥道に飛び降りた。ばしゃっとスカートに泥水が撥《は》ねた。

「王妃様！」

マチルドが悲鳴のような声を上げる。だがエデイットは構わず、スカートをからげると、そのままマルスランたちの方へ走って行った。

エディットはマルスランに取り縋る女性を、背後から抱きしめ、そっと引き剥《は》がした。

「お母さん、邪魔をしないように、こちらで待っていましょう」

女性が涙でどろどろの顔でエディットを見る。

「あ、ああ――王妃、様――？」

エディットは力づけるように笑みを浮かべた。

「大丈夫、陛下なら必ず息子さんを助けてくださいます！」

女性は少し落ち着いたようで、素直に後ろに下がった。エディットは励ますように女性の手を強く握る。

「大丈夫、大丈夫です」

マルスランはちらりとこちらに視線を送った。そこに泥まみれのエディットがいることに、一瞬目を見開いたが、すぐに救出作業に集中する。

「よし！　隙間ができた。私が潜《もぐ》って、下から押し上げる。お前たちはそのまま引っ張れ」

マルスランはそう言うが早いか、屋根とがれきの間にわずかにできた隙間に、自分の肩を押し込んだ。そして大声で気合いを入れる。

「行くぞ！」

ぎしぎしと屋根が軋《きし》み、ゆっくりと持ち上がっていく。

エディットは息を呑んでその様子を見守っていた。

「いいぞ、その調子だ！」

マルスランはさらに広がった隙間に身を潜り込ませた。

「あ、ああ……マルスラン様……」

万が一、屋根を持ち上げている護衛兵たちが力尽きてしまったら、マルスランも下敷きになってしまうかもしれない。

心臓が止まりそうなほどの恐怖に襲われる。女性と二人で、祈りを込めるようにぎゅっと手を握り合った。

ほどなくして、マルスランが這《は》い出てきた。腕に少年を抱えている。

「ああ！　ジーン！」

女性が泣き叫びながらマルスランに駆け寄った。

「母ちゃん！」

マルスランに抱かれた少年が、わんわん泣く。

マルスランがにっこりした。

「心配ない。打ち身だけだ。命に別状はないぞ」

彼はそっと女性に少年を渡した。母と息子は抱き合って嬉し泣きする。マルスランは、ちょうど担架を運んできた衛生兵に命じた。

「この子の手当てを」

少年は担架に乗せられ救護用のテントに運ばれていく。女性がマルスランの前で平伏して咽《むせ》び泣く。

「陛下、陛下、息子の命を救ってくださり、感謝いたします！　生涯このご恩は忘れません！」

マルスランは穏やかに声を掛けた。

「礼などいい。早く息子さんのところに行ってあげなさい」

女性は何度も感謝の言葉を述べながら、少年の乗った担架の後を追った。

マルスランは護衛兵たちに向き直ると、心を込めて言う。

「みな、ありがとう。力を尽くしてくれて」

護衛兵たちは感に堪《た》えないといった表情になる。

「とんでもございません」

「陛下の勇気ある行動に感動しました」

「陛下の御《おん》ためなら、いつでも命を賭けます」

彼らは口々にマルスランを讃えた。

「――マルスラン様」

エディットはゆっくりと彼に歩み寄った。

着ている服は泥まみれで破れ、白皙《はくせき》の顔が泥と塵《ちり》で真っ黒だ。だが、なんと気高く美しいのだろう。

マルスランが振り返る。

「ご立派でした――お顔が汚れてしまっています」

エディットは感激に声を震《ふる》わせ、ハンカチを取り出し、背伸びしてマルスランの顔の泥を拭《ぬぐ》おうとした。すると、マルスランはその手をそっと押し返し、逆にそのハンカチでエディットの頬を拭う。

「あなたこそ、可愛《かわい》い顔が泥だらけだ」

彼は優しくエディットの顔を拭《ふ》きながら、ささやく。

「いけない人だね。あれほど出てはだめだと言い聞かせていたのに――だが、母親を諫《いさ》め慰めたあなたの行動は、とても勇気があったよ。あなたこそ立派だった」

エディットは胸がいっぱいになる。

「だって、マルスラン様の命がけのお姿を見ていたら、じっとなんてしていられなくて……」

二人は気持ちを込めて見つめ合う。

そこへ、村長はじめ無事だった村人たちが揃ってやってきた。

村長が恭《うやうや》しく述べた。

「陛下、王妃殿下。お二人の民を思う崇高《すうこう》なお姿に、我々一同感激の極みでございます。おかげ様で、命を落とす者はございませんでした。我ら、陛下と王妃殿下を見習い、どんな困難も乗り越えていく所存です」

それから全員が、泥まみれの顔で破顔し、声を揃えた。

「ご結婚、誠におめでとうございます！」

マルスランはエディットの肩を抱き、明快に答えた。

「ありがとう。我が王妃は、美しく勇気のある、最高の女性だ」

しれっと褒められ、エディットは気恥ずかしさに頬が赤らむのを感じたが、これまでの人生で感じたことのない満たされた気持ちになっていた。

その後、マルスランは周囲の村々の被害状況も視察して回った。その際、エディットが望んだので、必ず二人で村人たちの前で挨拶《あいさつ》することを忘れなかった。

国王夫妻がわざわざ足を運んで慰問してくれたことに、民たちは誰もが心打たれた。被害に遭《あ》ったどの村にも、マルスランは充分な支援をすることを約束した。

視察の最後の場所は、隣国ダーレンとの国境の川べりであった。

大きな川に架かっていたという石造りの橋は、先年の水害により完全に崩れ落ちていた。

マルスランに手を引かれ、エディットは崩落した橋を少し離れた小高い場所から眺めた。

大勢の労働者が、懸命に橋の修復を行っている。

「ごらん。この橋を渡った先は、もう隣国ダーレンだ」

マルスランが川の向こうを指差す。エディットは目を凝《こ》らした。

川岸には、見慣れない赤い軍服に身を包んだ兵士たちが無数にいた。みな武装している。

「あれは——ダーレン王国の兵士たちですか？」

「そうだ。私は何度となく、武装した軍隊を退かせよと勧告している。だがダーレン王国は、再度の水害に備えて兵士を配置していると主張し、動こうとしない。なにか思惑があるのかもしれない。ダーレン王国はかつて父王の時代には、よく国境で我が軍と小競り合いを起こしていた。私は紛争は絶対に起こさぬつもりだが、ダーレン国王は気性が荒く野心家だという。油断ならない」

「紛争……自国の復興ばかりではなく、他国との外交関係にも気を配らねばならないのですね」

「その通りだ」

エディットはマルスランの横顔をじっと見上げた。

彼は川向こうを真剣な眼差しで凝視している。

若き国王の両肩には、国民に対する重い責任がのっているのだ。

その重荷を、少しでも軽くしたい——そんな思いが胸の中に熱く込み上げてきた。

帰りの馬車の中では、エディットはマチルドに説教をくらってしまった。

「ほんとうにもう、王妃様は幼い頃からお転婆で突拍子《とっぴょうし》もないことをなさるお方でしたけれど、今回も驚かされましたよ。まあ、上等なドレスを台無しにしてしまわれて——」

マチルドはエディットのスカートのシミを拭きながら、ひとしきり小言を言っていた。

エディットは遠くを見るような顔で、窓の外を眺めていた。そして、ぽつりとつぶやく。

「マチルド、私、今まで自分の人生のことばかり考えてきたような気がするわ」

これまでにない落ち着いた口調のエディットに、マチルドがハッと顔を上げる。

「それは、当然でございましょう。王妃様は不遇な運命なのですから」

エディットは首を横に振る。

「いいえ。私だけが不遇な運命ではないわ。この世には、数え切れないほどの不幸な目に遭っている人々がいるんだわ。私、やっとわかったの」

「王妃様――」

マチルドが穏やかな表情になった。

「王妃様は、大人になられたのですね」

「え？」

「結婚して、娘から女性に変わられたのですよ」

「そ、そうかしら……自分ではわからないわ」

エディットは赤面した。

内心ではあるひとつのことを決意していた。

帰城すると、マルスランは着替えもそこそこに、視察してきた各地方の状況を臣下たちに説明するための、緊急会議に出向いていった。

エディットはゆっくりと湯浴《ゆあ》みして、新しいドレスに着替えた。

緊急会議は夜半過ぎまで続き、マルスランはエディットに先に夕食をすませて休むように伝えてきた。

食事をとり終えたエディットは、清潔な部屋着に着替えた。そのまま、マルスランの寝室に向かう。

慣れない視察旅行に、疲れてはいたが気持ちはどこか高揚《こうよう》していた。

深夜、ようやくマルスランが私室へ戻ってきた。

寝室に入ってきた彼は、エディットが起きて待っていることに、少し驚いたような顔になる。

「先に寝ていいと伝えたのに。旅の疲れもあるだろう？　無理をしないでいいのだよ」

エディットは明るく笑い、軽快な足取りで彼に歩み寄る。

「マルスラン様こそ。お疲れ様でした」

ぎゅっと彼に抱きつく。

「あなたの笑顔を見たら、疲れなど吹き飛んだよ」

マルスランが優しく髪を撫《な》でてくれる。

エディットはそれだけでとても幸せな気持ちになった。そして、顔を上げてマルスランをまっすぐに見る。

「あのね、私、お話があって待っていたんです」

「なにかな？　新婚旅行で、もっと行きたい場所でもできたかい？」

「その新婚旅行なんですけれど――中止にしたいの」

「なんだって⁉」

マルスランが驚いたように目を瞠った。

「あなたは、新婚旅行をあんなに楽しみにしていたではないか⁉」

彼は心配そうにエディットの顔を覗き込んできた。

「体調が、悪いのかい？」

「ううん、私はとても元気です。でも、今回の視察にお供して、私、よく考えたんです。新婚旅行にかけるお金を、災害地復興のために使った方がずっといいって――」

マルスランが首を横に振る。

「あなたに遠慮させるために、視察に連れて行ったわけではない。あなたはあなたの人生を楽しんでいいんだよ」

エディットも首を横に振った。

「遠慮なんかしてないわ。私がそうしたいの」

「私はあなたに、青春を謳歌して欲しいんだ。人生を望むままに、十二分に生き抜いて欲しいんだ」

マルスランが切々と訴える言葉は、エディットの胸に強く響く。

好きだ、この人が大好きだ、と心の底から思う。

「私の今の望みは、マルスラン様の妻として、この国の王妃としてあなたに恥をかかせないように生きたい、それだけなの」

「エディ――」

マルスランが声を失う。

「私ね、自分が死んだ後、マルスラン様にもこの国の人々にも、最後まで立派な王妃として振る舞った人がいたなあって、いつまでも思い出してもらいたい。ただ楽しく遊び暮らして終わる人生なんて、もう私には意味がないって感じるの」

真摯な眼差しでマルスランを見上げていると、彼の顔が苦しそうにくしゃっと歪《ゆが》む。ふいにぎゅうっと強く抱きしめられる。

「死んだ後、などと言うな。そんな悲しいことを、言うな」

彼はエディットの髪に顔を埋め、呻《うめ》くように声を振り絞る。

「――あなたを死なせはしない。必ず、呪いを解く方法を探し出すから」

エディットは両手をマルスランの背中に回し、強く抱き返す。熱く息づく彼の肉体の感触に、しみじみ生きている喜びを感じた。

「ううん。その気持ちだけで、私はとても幸せです、マルスラン様」

エディットは力強く鼓動を打つマルスランの胸に顔を埋め、甘いため息と共につぶやく。

「あなたの妻になれて、ほんとうによかったです」

「――エディット」

「マルスラン様」

二人は強く抱き合い、いつまでも互いの名前を呼び合った。


エディットの強い希望により、新婚旅行は取りやめとなった。

マチルドをはじめ侍女たちはひどく残念がったが、エディットが言い出したことなので反対もできない。

その上、エディットは生活をがらりと変えてしまった。

それまでは、新しいドレスのデザインを考えたり、お茶の時間のお菓子選びに夢中になったり、ピアノを弾いてアリアを歌ったり、侍女たちと城の内庭で追いかけっこをしたりと、王女時代と変わりなく無邪気に遊び暮らしていた。

そうした遊興を、エディットはいっさいやめたのだ。

エディットはマルスランに頼んで優秀な家庭教師をつけてもらい、午前中はカルタニア王国の歴史や風俗や芸術について学び、午後は、国内外からの賓客や大使、使節団などと

の謁見や懇談には必ずマルスランと共に出席した。また、勲章授与や国に功労のあった者を表彰する行事などにも率先して参列し、ねぎらいの言葉をかけた。

祖国にいるときには父王が危険だからと許してくれなかった乗馬の稽古も始めた。軍隊の祝賀式典の折などには、国王と王妃は馬に乗って参加するのが慣《な》わしだったからだ。マルスランは、エディットに婦人用の小柄な馬を選んでくれ、自ら指導してくれた。エディットの乗馬の腕は、みるみる上達した。

そして、マルスランが地方視察に出掛ける際には、同伴することも怠《おこた》らない。特に、被災地の人々への思いやりのこもった言動は、意気消沈していた彼らの気持ちを奮い立たせた。

身分の上下を問わず誰にでも明るく気さくに話しかける愛らしいエディットの姿は、人々を魅了した。

当初は、大国オリオールの後ろ盾欲しさの政略結婚だと受け取っていた臣下たちも、次第に王妃としてのエディットの存在感を認めるようになっていった。

エディットの評価が高まるにつれ、彼女の寿命があと二年足らずであるという事実は国民たちを悲嘆させた。国中から、励ましの手紙や、その地方で病に効くと言われている食物やお守りなどが、ぞくぞくと王城に届けられるようになった。

しかし人々の想いに反して、未だエディットに掛けられた強い呪いを解く術は見つからないままであった。

「どういうつもりだ、あの小娘。王妃の真似事に興じたりして。政治に関わるなどもっての外《ほか》だ。私の計画の邪魔をするつもりか！　くそっ」

サザール宰相は自分の屋敷の晩餐《ばんさん》の席で、忌々《いまいま》しそうに吐き出す。

同席していた一人娘のテレーズが苦笑する。

「お父様、下品ですわよ。なにをそんなにいらいらなさっているの？　私が陛下の次の奥様になることは、もう決まっていることでしょう？」

テレーズは先年社交界デビューを果たしたばかりの十七歳、目元のぱっちりとした艶《あで》やかな美貌に肉感的な肢体、サザール宰相自慢の娘だ。彼はテレーズが幼い頃から、この国の王妃になるのはお前しかいないと言い聞かせて育ててきた。そのため、テレーズはすっかりマルスランと結婚できるものだと信じ込んでいた。

国が被災して大国オリオールの支援欲しさに、エディットとマルスランの婚姻が決まった時には、テレーズはずいぶんと父を責め悲嘆したものだ。だが、サザール宰相はこれは金目当ての期限付きの結婚であるので、エディットが死んだら後添《のちぞ》えとしてテレーズが王妃の座につくことは決定しているのだと言い聞かせた。お前こそが真実の王妃であると諭され、テレーズは機嫌を直していた。

サザール宰相は愛娘を見て目を細める。

「その通りなのだが、陛下が存外あの娘に入れ込んでいるようで、気が気ではないのだよ」

テレーズは自信満々な顔で笑う。

「陛下はお優しい方ですから。寿命の短い王妃を気の毒がっておられるのよ。あーあ、でも、二年は意外に長いわ。あの人、早々に死んでくれないかしら」

テレーズは手入れの行き届いた手で優雅にティーカップを摘《つま》みながら、残酷な言葉をしれっと口にする。

「まあ焦《あせ》るでない、テレーズ。私がいい手立てを考えてやるから、お前は大船に乗った気でいなさい」

サザール宰相は口元を歪めてにやりとした。


週末、朝食の席でマルスランが突然切り出した。

「エディット、明日は私に付き合ってくれないか？」

エディットは大好物のふわふわパンケーキにナイフを入れる手を止め、うなずいた。

「もちろんです。どこのお国の親善大使様がおいでになるの？　それとも、施設の慰問ですか？」

マルスランが苦笑する。

「いやいや、仕事のことは抜きだ。私とあなただけの時間を作りたいんだ」

「え？」

「あなたが王妃としての責任を全《まっと》うしようとしてくれるのはとても嬉しい。でもここ数週間、公務にかかりきりではないか。少し、息抜きしないか？」

エディットはキリッと表情を引きしめた。

「でも、公務を疎《おろそ》かにはできません。しなければならないことは幾らでもありますもの」

マルスランが諭すように言う。

「エディット。あなたは王妃だけれど、私の妻でもある。夫婦の時間を大事にすることも、あなたの務めだよ。私はあなたの無邪気に笑う姿を、もっと見たいんだ」

「あ……」

エディットは赤面する。確かに、このところ公務に追われて、マルスランとゆっくり過ごす時間があまりなかった。

それは、自分の命が短いという、切羽詰《せっぱつ》まった気持ちがあったからかもしれない。

「ごめんなさい……その通りですね。私、少し焦ってたかもしれません」

マルスランが照れたように微笑む。

「いや、本音を言うとね。私はあなたに構ってもらえなくて、少し寂《さび》しいんだ」

「まあ」

エディットはさらに顔が赤くなるのを感じた。

「ふふ、大丈夫。今週の公務はすべて片付いた。週末はあなたと楽しもう。実はね、今週末は街の広場で祭りのバザールが立つんだ。首都では季節の変わり目ごとに祭りをし、バザールが立つのが慣わしでね。見せもの小屋や屋台が並び、それは賑《にぎ》やかだよ。去年の大災害以来、ずっと自粛して行われていなかったが、復興のめども立ってきて再開することになったんだ」

エディットはぱっと顔を輝かせた。

「バザール！　ぜひ、行きたいです！」

マルスランが目を細めた。

「だろう？　では決まりだ。お忍びで出掛けよう。普通の貴族の格好をして出掛けるというのはどうだい？　無論、市民に紛れさせて護衛は付けるけれどね」

「わあ、すごく楽しそう！」

エディットは両手を打ち合わせてはしゃいだ。

マルスランがさらに目を細める。

「あなたのそういう顔がもっと見たいんだ。よし、うんと遊ぼう」

「はいっ」

翌日は晴天に恵まれた。

マルスランとエディットは一般的な貴族に扮して、昼前に地味な馬車で城を出立した。マチルドだけがお供に付き、腕の立つ王家の護衛たちが市民の格好で人混みに紛れ、国王夫妻の護衛に当たることになった。

広場には臨時のアーケードが造られ、その下に無数の露店が立ち並んでいた。

大勢の人々が集まっている。

広場のあちこちには、大道芸を披露する者、楽器を奏でる者、詩を詠《よ》んで聞かせる者、手品を見せる者などがいて、通りゆく人々を楽しませている。

「わあ、すごい人です！　ああ、あの屋根の下がバザールですね、早く行きたいわ！」

エディットは馬車の窓から身を乗り出さんばかりにして、興奮を隠しきれない。近くの馬車止まりに停車させ、マルスランとエディットは腕を組んで広場に向かった。エディットに日傘を差し掛けたマチルドが付き従う。

バザールのアーケードに近づくにつれ、混雑はさらにひどくなってきた。

マルスランはエディットをぐっと自分に引き寄せる。

「私の腕を離さないようにな。万が一迷子になっても、決してその場を動かないように。

知らない者に話しかけられても、ついていかないように。私か護衛の者がすぐに駆けつけるからな。それと生水を飲んだりしないように。それと——」

まだくどくど注意を続けようとするマルスランに、エディットは唇を尖《とが》らせる。

「もうっ、マルスラン様ったら、子どもじゃないんですからっ。わかっております」

マルスランは苦笑いする。

「そうだといいが——」

「あっ、あそこでアクセサリーを売っているわ！　見たい見たい！」

エディットはぱっとマルスランの腕を離し、人混みの中に飛び出した。エディットの突発的な行動癖を熟知しているマチルドは、その背後にぴたりと付き従う。

「あ、こら、言っているうちから——」

マルスランが慌てて追いかけてくる。

エディットは露店の前にしゃがみ込み、布の上に並べられた指輪やイヤリングを熱心に見た。

「うわあ、どれも綺麗《きれい》！」

口髭を生やした店主が誘うように言う。

「どれも手作りでさぁ。本物の金と宝石を使っております。お嬢さん、この品でこの値段はお得ですぜ」

「この赤い指輪もいいし、こっちの青いイヤリングも素敵。ううん、迷うわ」

背後からマルスランが覗き込み、少し怖い声を出した。

「なんだ、全部金メッキとガラス製ではないか」

店主がぎょっとしたように長身のマルスランを見上げる。

「だ、旦那さん、ほ、本物に間違いありませんぜ」

マルスランはじろりと店主を睨《にら》む。

「詐欺罪だぞ」

エディットは素早く赤い石の嵌《は》まった指輪を指に嵌め、マルスランに手をかざして見せる。

「旦那様、どうかしら？　似合う？　私、この指輪がすごく気に入ったの」

マルスランがとたんに表情を緩めた。

「うんうん、とてもよく似合うぞ」

エディットは青いイヤリングも手に取り、店主に向かってチャーミングに笑いかけた。

「ねえおじさん、この指輪とイヤリングを買うので、少し値引きしてくださらない？」

店主は釣られたように笑う。

「美人の奥さんには大負けに負けよう、二つで半額でどうだい？」

「嬉しい！　旦那様、代金を払ってあげてください」

マルスランは無言で懐《ふところ》から財布を取り出し、代金を払う。

買い物をすませた二人は腕を組んでその店を離れた。

マルスランが怖い顔になる。

「あんな安物を本物と偽って売るとは――」

エディットが頰をぷっと膨らませる。

「マルスラン様、お祭りなんですよ。お堅いことを言わないで」

マルスランが目を丸くする。

「あなたはあれが偽物とわかっていて――」

「もちろんです。でも、とっても可愛くて素敵じゃありませんか？　ふふ、すごく得した気分」

エディットがニコニコする。

横でマチルドがくすくす笑った。

「ふふふ、陛下――旦那様もかたなしでございますねぇ」

マルスランが目元をほんのり染めた。

アーケードのバザールを冷やかしながら、二人はそぞろ歩いた。途中の屋台で綿菓子を買って半分こにして食べたり、射的に興じたり、オウムがおみくじを引く辻占いをしたり
――次第にマルスランもバザールの熱に飲み込まれたように、緊張を解いていく。読書

が趣味のマルスランは、古書店に引き寄せられ、掘り出し物の古書を何冊も探し出し、ほくほく顔になった。

アーケードを抜けると、そこには様々な遊具が設置されていた。

回転木馬や気球、ブランコなどが人気のようで、長蛇の列ができていた。

「ああ見て見て、旦那様、あの気球に乗りたいわ！」

小さな気球に二、三人が乗れる籠がついていて、建物の三階くらいの高さに上がっていく。気球には縄が結ばれていて、それで上げたり下ろしたりするようになっていた。上空から、気球に乗った乗客の歓声が響いてくる。

マルスランは顔をしかめた。

「万が一落下したらどうする？　王妃が墜落など、一大事ではないか」

エディットは唇を尖らせる。

「平気です。私は二年後に死ぬと決まっているのだから、今は死にませんよ」

「またそういう屁理屈《へりくつ》を言う」

マルスランがさらに渋い顔になった。

エディットは胸の前で両手を組んで、目をうるうるさせる。

「お願い、旦那様」

マルスランが困った表情になる。

「そういう眼差しは反則だぞ。私が逆らえないと知っていて」

「うふふ、知ってます」

エディットがお得意の無垢《むく》な笑顔を浮かべると、マルスランがため息をついた。

「わかった。下で私がしっかり見守り、万が一あなたが落下しても、必ず受け止めてやる。さあ、乗ってきなさい」

「わあ！　ありがとう、旦那様！」

「では、興行主にあなたを一番先にするように命じよう」

マルスランは人混みに紛れている護衛たちに合図するために、右手を挙げようとした。エディットは素早くその手に触れて止める。

「だめだめ！　今日は私たちはお忍びで来ているのですよ。こういうときだけ、王家の特権を使うなんてずるいわ。私はみんなと同じように並びます」

マルスランが眩《まぶ》しそうに目を細め、何度もうなずいた。

「あなたの言う通りだ。では行っておいで」

「はい、行ってきます」

エディットはマルスランに背伸びして、その顎《あご》にちゅっと口づけした。そして、軽快な足取りで、気球の列の最後尾に並ぶ。

横に付いたマチルドに、エディットははしゃいだ声で話しかける。

「高いところに浮かぶなんて、ワクワクするわね、マチルド」

「とんでもない。私は高所恐怖症なんですよ」

マチルドはげんなりした顔で答えた。

「あら、じゃあ私一人で乗るから下で待っていて」

「――よろしいですか？　ほんとに、高いところは苦手で」

「いいわよ。だってほんの数分ですもの」

エディットの順番が来て、マチルドが一人分の料金を払った。

興行主の恰幅《かっぷく》のいい男は、だみ声で言う。

「おやおや、別嬪《べっぴん》のお嬢さん、お一人で乗るのですかい？　こいつぁ勇気のあるお方だ」

エディットは花のような笑顔を浮かべる。

「ぜんぜん、平気よ」

「よおし、では特別にお嬢さんはお一人でお乗せしよう」

男が片目を瞑《つむ》って笑う。

エディットは気球に括《くく》りつけられた籠に乗り込んだ。男が籠につけられた命綱をエディットの腰に装着する。

「ゆっくり上げますが、安全棒にしっかり摑まって、籠から身を乗り出さないようにお願いしますよ」

「わかったわ」

エディットは籠の中央に取りつけられた棒に掴まった。興奮で胸がドキドキする。

「では、行きますよ。三分で下ろします」

男が手元の砂時計をひっくり返す。そして若い衆に合図すると、彼らは気球を地面に留《と》めていた縄をゆっくりと緩めた。

「あ」

ふわりと身体が浮き上がったような感覚がし、気球はゆるゆると上昇していく。

「うわあ、すごい、すごいわ！」

気球は十五メートルほど上がった。バザールや広場が一望できた。街並みの向こうの王城もはっきりと見える。

眼下で人々がこちらを見上げている。普段は背が小さいので、こうして世界を見下ろす気分は爽快だった。

大勢の人々の中に、心配そうに見上げているマルスランの姿をめざとく見つけ、エディットは元気よく手を振った。

マルスランも釣られたように手を振り返してくる。

「おぉーい！　旦那様ー、おぉーい！」

両手を口に当てて声を限りに呼びかけた。マルスランの周囲の人々が、微笑ましそうに見ている。マルスランが少し照れたように頭を搔《か》く仕草も、素の彼の一面を見たようで新鮮だ。

「時間です、下ろしますよー」

下から男が声を張り上げた。

「あ」

エディットはもう一度マルスランに向かって声を掛けようとした。そこで、急に小声になってしまう。

「愛しています、マルスラン様、大好き、大好きです」

マルスランが聞こえないというような顔で、耳に右手を当てた。エディットは無言になって笑みを浮かべる。気球はゆっくりと地面に向かって下りていく。

マルスランが気球の真下に全速力で駆け寄ってきた。彼は興行主の男や縄を引く若い衆に強い声を出した。

「妻を慎重に下ろしてくれ。事故のないように頼む！」

「安心してくだせえ、旦那。旦那の愛する奥様は無事お戻ししますぜ」

マルスランが国王だと気がつかない男は、マルスランを冷やかした。

籠が無事着地した。

男が籠の扉を開け、命綱を外してくれた。

マルスランが両手を差し伸べ、エディットをぱっと抱き取る。

「おかえり」

「ただいま」

マルスランはぎゅっとエディットを抱きしめた。

「気が気ではなかった。あなたが上空から、いつ身を乗り出すかとひやひやしたぞ」

「ふふ、とても楽しかったです」

エディットはマルスランの首に両手を回し、興奮に上気した頰を彼の鋭角的な頰に押しつけた。

「鳥になって世界を見下ろした気分。一生の思い出です」

「エディット——」

マルスランがやるせない声を出す。

「もっともっと、あなたに楽しい思い出をあげたい——」

そこへ、真っ青な顔色のマチルドがよろよろと近づいてきた。

「ああ王妃様、いつ墜落するかと、私は心配で心配で——」

彼女は掠《かす》れた声で言うと、いきなりその場でばたんと倒れてしまった。興行主の男や使用人たちが、慌《あわ》てて抱き起こした。

「いけない。マチルドが気絶してしまったわ」

エディットはくすくす笑ってしまう。

「いやねえ、死にそうになっているのはマチルドじゃない」

マルスランも苦笑しながら、男たちに声を掛ける。

「すまない。その侍女を木陰に運んでやってくれ」

その後、木陰に横たわらせたマチルドの横に腰を下ろし、エディットはハンカチで彼女の顔をあおいでやっていた。

マルスランは飲み物を買いに行くと言って、バザールに行っている。

「申し訳ありません、王妃様。せっかくの楽しい時間を——」

マチルドはまだ青い顔で力なく言う。

エディットはにっこりする。

「なにを言うの。あなたが気絶したことも、楽しい思い出だわ。ねえマチルド——」

エディットはしみじみと周囲を見回した。

賑やかな人々の喧噪《けんそう》、軽快な音楽、眩しい日差し——。

「これまでずっと父上に守られて、私は安全な鳥籠の中に生きてきた気がするの」

「それは当然でございましょう?」

マチルドが不思議そうな顔をする。

エディットは首を横に振る。

「ううん。マルスラン様は、私を過保護にしない。被災地へも同伴させてくださるし、今日みたいに危険な遊びも許してくださる。私を特別扱《あつか》いしないのよ。私ね、マルスラン様といると自分の寿命のことを忘れてしまうの」

マチルドが無言になる。エディットは夢見るような眼差しになる。

「人生って、こんなにも素晴らしいものだったのね。私、今までちゃんと生きてこなかったような気がする。もっと一秒一秒を真剣に生きるべきだったわ」

マチルドが喉の奥でぐうっと嗚咽《おえつ》を嚙み殺した。

「王妃様——」

マチルドが泣きそうになったので、エディットは慌てて手にしていたハンカチで彼女の涙を拭ってやる。

「悲しまないで、マチルド」

「いえ、王妃様がこんなに成長なされるなんて——嬉しくて嬉しくて——以前の小さな姫様ではないのですね——王妃様」

マチルドが笑みを浮かべる。エディットも釣られて笑った。

「うふふ、なんだか擽《くすぐ》ったいわ」

二人が寄り添って忍び笑いしているところに、マルスランがせかせかした足取りで戻ってきた。手には三人分の飲み物のカップを乗せた盆を持っている。

「エディット、エディット。そこの池でボートに乗れるぞ。池にはアヒルがいっぱい泳いでいるぞ。私が漕《こ》ぐから、早く行こう」

彼は盃をマチルドに手渡すと、焦《じ》れったそうにエディットの手を取った。

「まあ、アヒル？　楽しそう」

立ち上がったエディットは、ちらりとマチルドの方を見遣った。祖国では、水遊びは危険だと父王からきつく止められていたのだ。

「行ってらっしゃいませ、王妃様。私はここで留守番しておりますから」

マチルドが促した。

「ありがとうマチルド、行ってくるわね」

エディットはマルスランに手を引かれ、池のある方へ向かった。

広場の南端の大きな池に、二人乗りの手漕ぎボートが貸し出されていた。

デートコースなのか、大勢のカップルがボート遊びを楽しんでいる。

マルスランは桟橋にいる興行主に代金を払うと、一台のボートにひらりと飛び乗った。

桟橋の上のエディットに片手を差し出す。

「よし、私の手に摑まり、そのまま飛び乗りなさい」

エディットはわずかに怯《ひる》む。

「み、水に落ちたりしませんか？」

マルスランが苦笑した。

「なんだ、さっきまで上空で平然と手を振っていたくせに」

「水は苦手なんですっ」

「ふふ、存外弱虫なんだな」

負けん気が強いところがあるエディットは、むっと頬を膨らませた。

「乗ります」

マルスランの手を強く握ると、思い切ってボートに飛び乗った。すかさずマルスランが抱き留めてくれたが、小さなボートはぐらぐらと揺れる。

「きゃあ、きゃあ、落ちるっ」

悲鳴を上げてマルスランにしがみつくと、彼が頭の上でくすくす笑った。

「落ちたら、私がすぐに助けてやるさ。泳ぎは得意だからな」

エディットはマルスランの顔を見上げた。

彼は自信に満ちた顔でうなずいた。みるみる不安が消えていく。

そういえば、気球に乗ろうとしたときも、マルスランは助けてやると言ってくれた。この人は、エディットをただ甘やかして無謀な行動も許しているわけではないのだ。必ずエディットを守ろうとしてくれている。マルスランがそばにいれば、どんなことも怖くない
——そう強く思った。

エディットはそっとボートの座席に腰を下ろした。

「もう平気です。ボートを漕いでください」

「よし、行くぞ」

マルスランは向かいに座ると、腕まくりをし、オールを握り力強く漕ぎ出した。ボートはぐいぐいと池の中を進んでいく。

「速い、速いです」

エディットはまだ内心は少し怖かったが、次第に周囲の風景を眺める余裕が出てきた。真っ白なアヒルが何十羽も浮かんでいて、餌《えさ》が欲しいのかガアガア鳴きながらボートに寄ってくる。池の中央には薄紅色の無数の睡蓮《すいれん》の花が咲き誇り、うっとりするようなよい香りを放っていた。

ボートに乗った男女のカップルは談笑したり、見つめ合ったり、それぞれに二人だけの時間を楽しんでいる。

マルスランは池の中央まで来るとオールから手を離し、背伸びして気持ちよさそうに深呼吸した。

「ああ楽しいな。こんなにゆったりした気持ちになるのは、何年ぶりだろうな」

エディットは彼の心から寛いだ様子に、胸がきゅんとなった。

確かマルスランは十八歳で王位に就いたのだ。それ以来、彼はずっと国のために誠心誠意尽くしてきたのだろう。先年の大規模な災害は、どれほどの心痛だったろう。隣国ダーレンとの国境問題もある。マルスランのそばで彼の働きぶりを見るにつけ、つくづく大変だと思う。きっとマルスランには、自分だけの時間はほとんどなかったのだ。

嫁いでくるまで、エディットは自分の時間は全部自分だけのものだった。本人も周囲もそれが当然としてきた。

でも、今は違う。マルスランの妻として、この国の王妃として、自分の役割をしっかり果たしたいと思う。

ふと、マルスランが少し眠そうなことに気がついた。

「マルスラン様、少しお昼寝なさいませ。ここで」

エディットが自分の膝を指し示すと、マルスランは少し照れた顔になる。

「え、いいのか?」

「構いませんよ。今日一日は、のんびり過ごしましょう」

「では、少しだけ」

マルスランはゆっくりと位置を変えると、頭をエディットの膝の上にもたせかけ、長々と足を伸ばした。

「うーん、いい気持ちだ」

彼が目を閉じる。長いまつ毛が端整な顔に影を落とし、ひどく色っぽい。

エディットはマルスランの艶《つや》やかな髪を撫でつけてやりながら、そっとお気に入りのオペラの一節を口ずさんだ。

〈可愛い花よ　勿忘草《わすれなぐさ》よ　私がお前のように小さく可愛い花ならば　ずっとあの人のそばにいられるでしょう〉

以前は、単に劇中の恋歌くらいにしか感じていなかった。でも、今のエディットにはこの歌詞が身に染みて迫ってくるものがあった。

〈そしてあの人に告げるの　いつでもあなたを思っているって　そして　私をずっと忘れないでねって〉

エディットの澄んだ美しい歌声に、周囲のボートが集まってきた。

「なんてお上手なんでしょう」

「奥様も旦那様もとてもお美しい」

「お似合いのお二人ね」

人々は口々にエディットとマルスランを誉め称えた。

エディットは注目を浴びるのが気恥ずかしくなって、口を閉じてしまった。

「――続けて」

ふいに目を閉じたままマルスランが言う。

「あ、いやだ。起こしてしまいましたか？」

「いや、夢見心地であなたの歌に聞き惚《ほ》れていたよ。歌って」

「は、はい」

エディットは小声で続きを歌い出す。

〈可愛い花よ　勿忘草よ　お前は私よりずっと幸せだわ　あの人にどこまでもついていけるのですもの〉

歌っているうちに感情が入り込み、次第に声高く歌っていた。

〈もしお前の名前がほんとうならば　私の愛する人に告げておくれ　私をずっと忘れないでねって〉

最後の一節で感極まって涙が出そうになるが、明るい声で歌い上げた。

歌が終わると、周囲からいっせいに拍手が起こった。

「素晴らしい歌声でした！」

「まるで天使のような歌声！」

「最高でした！」

エディットは嬉しさに顔が赤くなる。

マルスランがゆっくりと目を開けた。

「素敵だったよ、エディット」

彼はおもむろに身を起こすと、唇を重ねてきた。

「ぁ」

突然口づけされ、エディットは身動きできない。

マルスランはうっとりした顔で、優しい口づけを繰り返す。

「好きだよ、私のエディット」

小声でささやかれ、エディットは目を見開く。マルスランがどういう気持ちで口にしたのか、わかりかねたのだ。

「あの、それは――」

聞き返そうとすると、ボートに乗っていた一人の貴族の紳士が素《す》っ頓狂《とんきょう》な声を上げた。

「あのお二人は――もしや、国王陛下と王妃殿下ではないか？」

その言葉に、周囲がざわついた。

「そういえば、結婚記念の硬貨の肖像画に瓜二つだ」

「あの美貌と気品――確かに国王陛下夫妻だ」

ざわめきは池中に広がっていく。

マルスランが苦笑いした。

「いかん、バレてしまったか」

エディットもうろたえる。

「ど、どうしましょうか？」

すると、数隻のボートが周りのボートを押しやるようにして、進んできた。一般市民の格好をしているが、目つきの鋭い屈強な男たちだった。

「みなさん、場所を空《あ》けるように」

「みなさん、下がってください。国王陛下がお帰りになります」

「路を空けてください」

彼らは周囲のボートに大声で告げる。

マルスランがエディットにささやく。

「護衛たちだ。そろそろ楽しい時間は終わりかな」

エディットもささやき返す。

「そのようですね」

マルスランは起き上がると、オールを握った。そして、近くに寄ってきた護衛のボートの男に声を掛ける。

「桟橋に戻るぞ」

「承知いたしました。桟橋の先に馬車を待たせてあります」

「よし、助かる」

マルスランは桟橋に向かってボートを漕ぎ出した。周囲のボートがさっと進路を空ける。乗っている人々が敬意を表して、頭を深く下げている。

エディットは涼やかな声で言った。

「みなさん、休日をお邪魔してごめんなさいね。どうか、今日一日を楽しく過ごしてください」

エディットの優しい言葉に、人々は感銘を受けたようにますます深く頭を垂れるのだった。

この日の国王夫妻のお忍びデートのことは、人々の口を介して国中に広まった。

男らしいハンサムな国王と無邪気な王妃の「ロイヤルな休日」として、後々までの語り草となったのだ。

「最高の休日でした。私、今日は興奮して眠れないわ」

その晩、湯浴みを終えて居間で寛いでいるマルスランのもとへ、同じく湯浴みをすませたエディットは踊るような足取りでやってきた。

「ああほら、まだ足がウキウキしてます」

マルスランの前で、エディットはおどけて三拍子のステップを踏んでみせた。

「ふふ、あなたはほんとうに楽しい人だ」

マルスランはひょいと立ち上がると、エディットの片手を取ってダンスのリードのようにくるりくるりと回した。

白いガウンが優雅に広がった。

「うふふ、もっと、もっと、ふふふ」

エディットは楽しくなって、何度も回転させてもらう。あんまりはしゃいで、しまいには目が回ってしまった。

「ああもうだめ」

よろよろよろけると、マルスランがふわりと抱き留めてくれた。

そしてそのまま彼の胸の上に抱かれたまま、ソファに倒れ込んだ。

「きゃ、うふふ」

「ふふ」

二人は頬を擦り合わせ、子猫のように戯《たわむ》れ合った。啄《ついば》むような口づけを交わし合い、見つめ合っては再び触れるだけの口づけを繰り返す。

そうしているうちに、どちらからともなく官能の興奮が呼び覚まされた。

マルスランがやにわにエディットの口腔《こうこう》に舌を押し込み、ねっとりと舐《な》め回してきた。

「んぅ、ふぅぁ、ん」

彼の舌が、歯の一本一本から唇の裏側、口蓋《こうがい》、喉奥まで丹念に探ってくる。エディットは全身の血がかあっと熱くなるのを感じた。遠慮がちに舌を差し出し、マルスランの舌をちろちろと擽る。すると彼の舌が絡んできて、強く吸い上げてきた。

「んっ、んんー、んんぅん」

息ができないくらい深い口づけを仕掛けられて、うなじのあたりが甘く痺《しび》れ、下腹部の奥がずくんと疼《うず》いた。

マルスランは体重をかけて覆い被さり、エディットが身動きできないようにすると、存分に舌を貪《むさぼ》ってくる。同時に、薄物の部屋着の上からエディットの胸の膨らみをまさぐってきた。指先が赤い先端をなぞるように触れてくると、ざわざわと背筋がおののく。乳首がたちまち硬く凝《しこ》りツンと尖ってしまう。マルスランの指が、それを挟み込みすり潰すように揉《も》み込んでくると、鋭い刺激が身体の芯を襲い、隘路《あいろ》がじんじんと淫らに痺れてくる。

「あ、んぁ、あ、や……」

腰が誘うようにもじつき、マルスランの下腹部を無意識に刺激してしまい、みるみるそこが硬く漲《みなぎ》ってくる。マルスランの方も、硬化した部分をエディットの股間に擦りつけて刺激し返してくる。割れ目や秘玉《ひぎょく》が擦れて、つーんと子宮の奥が快感を生み出してくる。

「んぁう、ふぁ、は、だめぇ……」

口づけと腰を擦り合わせた刺激だけで上り詰めそうになり、エディットは慌ててマルスランを押し退けようとした。マルスランは唾液《だえき》の銀糸を引いて、いったん唇を解放した。ホッとしたのも束の間、マルスランがすかさず鋭敏になった乳首を摘み上げ、捻《ひね》り上げる。

「ひゃ、ぁ、んんっ、や、やぁっ」

　そのままくりくりと指で抉《えぐ》られ、甘美な刺激がさらに強くなり、媚肉《びにく》がせつなくきゅうきゅう収斂《しゅうれん》する。思わず淫らな腰つきで、マルスランの股間を擦ってしまう。

「んぁ、あ、や、め、あ、だめ……あぁ、だめぇ……っ」

　いやいやと首を振ろうとしたが、マルスランは乳首を摘みながら、布越しに熟れた陰唇に灼熱の欲望を擦りつけてきて、強い快美感に全身がしなった。

「んん、んんーっ」

　どうしようもなく迫り上がってくる快感に、エディットの理性は押し流された。

「んあ、あぁぁ、ぁあぁああっっ」

　びくびくと腰が大きく跳ねる。

「ふふ、乳首だけで達《い》ってしまったね」

　マルスランが熱っぽい眼差しで見下ろしてくる。

「……や、いじ、わる……」

　エディットは恨めしく彼を睨む。自分だけが、あっけなく達してしまったことが恥ずかしい。

「とても感じやすく、可愛い身体になった——とてもそそられる、とても私好みだ」

　マルスランが低い声でささやき、エディットの部屋着の裾《すそ》をめくり上げて綻んだ花弁《かべん》にぬるっと指で触れてきた。

「ひゃう、ぁあんっ」

それだけで鋭い快感が走り、腰が大きく浮いてしまう。もはや秘裂《ひれつ》はどろどろにぬかるんでいた。マルスランは蜜口《みつくち》の浅瀬を焦らすようにくちゅくちゅと掻き回してくる。もっと奥に刺激が欲しくて、思わず腰を前に突き出そうとすると、彼の指がするりと逃げていく。

「あ、いやぁ……」

蜜壺《みつつぼ》の奥が痛みを覚えるほど飢《う》えて、そこを満たして欲しいと切望する。

「あぁ、マルスラン様……お願い……もう……来て……」

潤んだ瞳で訴えると、マルスランは意地悪く笑う。

「私が欲しい？」

彼が恥ずかしい言葉をわざと言わせようとしているのはわかっていたが、燃え上がった劣情は抑え難《がた》く恥じらいながらも答えてしまう。

「は、はい……欲しい、です」

「私の、何が？」

はじめのうちは、恥ずかしい言葉を口にすることなどとてもできなかったが、官能の悦《よろこ》びを知るにつけ、羞恥も興奮に拍車を掛けるのだとわかってきた。顔を真っ赤に染め口ごもりながらも、声を発する。

「マ、マルスラン様の、太いのが……欲しい、です……」

さすがに純情なエディットはそれ以上口にするのは憚《はばか》られた。耳まで血が上り、全身がさらに熱く火照《ほて》った。

マルスランが満足げにうなずく。

「よく言えたね――では」

マルスランはエディットの細腰を両手で抱えて持ち上げ、そのままくるりと上下に体位を入れ替えた。そして部屋着の裾を腰の上までめくられ、下半身を露《あらわ》にされてしまった。

「あっ……」

マルスランの腰を跨《また》ぐ格好にさせられ、うろたえる。これまで、こんな体位で交わったことがなかった。

マルスランが自分の部屋着の裾をめくり上げると、ぬっと雄々しくそそり勃つ剛直が露になる。硬い先端が、エディットの蕩《とろ》け切った蜜口をぬるっと擦った。

「あぁんっ」

思わず悩ましい声が漏れてしまう。

「欲しいのは、これ？」

マルスランは亀頭の先でくちゅくちゅと陰唇を擦り立てる。触れられた部分が、火が着いたように熱くなっていく。

「こ、これです、は、早く……ください」

エディットが焦れったげに身を捩《よじ》ると、マルスランは低く艶めいた声で言う。

「自分で挿《い》入れてごらん」

「え……そんな」

男の欲望を自ら迎え入れた経験はまだなかった。

「私が欲しくて仕方ないのだろう？　だったら、好きにしていいんだよ」

マルスランは屹立《きつりつ》の先端で促すようにぬるぬると花弁を撫で回し、意地悪く笑う。

「あ、う……ぁ」

蜜口の浅瀬で軽い刺激を続けられると、隘路の奥が疼いて耐えられないほど飢えてしまう。

「あう……」

エディットはそろそろと腰を下ろした。だが、締まりのいいエディットの蜜口は愛液のぬめりのせいもあり、つるつる滑ってなかなか受け入れることができない。

「ぁ、あ、挿入《はい》らないわ……」

四苦八苦している姿を、マルスランが楽しむような眼差しで見ている。しばらくして、彼が助け船を出してくれた。

「自分の手で根元を支えて、腰を下ろしてごらん」

「ん、ん、こ、こう……ですか?」

エディットは太茎の根元をほっそりした指で支えると、硬くそそり勃った先端に向かって腰を下げていく。

ぐぐっと傘の開いた雁首《かりくび》が、媚肉を押し上げるようにして侵入してきた。

「あ、あ、あ、挿入って、あ、挿入って、くる……ぅ」

内壁が限界まで押し広げられる圧迫感に、腰から脳芯にかけてぞくぞくした快感が走り抜けていく。

「ふぁ、ふ、あぁ、あぁん」

太竿が狭隘《きょうあい》な入り口を抜けると、あとは意外にすんなりと呑み込んでいく。奥まで行き着くと、満たされた悦びに全身から力が抜けそうになる。

「んぁ、あ、あ、熱い……あぁ、ぁああ」

「っ――エディット、締まる――」

マルスランがくるおしげに息を吐き、エディットの細腰を抱えた。

「そのまま、自分の感じるように動くんだ」

「は、はい、あ、ぁ」

恐る恐る腰を持ち上げると、熟れ襞が太い脈動に巻き込まれて引きずり出されるような感覚に、背中がぞわぞわと震えた。亀頭の括《くび》れまで引き抜き、再びゆっくりと腰を下ろす。

最奥《さいおう》にずくんと先端が当たり、深い愉悦が弾けた。

「はあっ、あ、奥、あ、当たって……」

自分の体重が掛かっているせいか、いつもよりもっと奥が抉られる気がした。それがどうしようもなく気持ちよくて、エディットは次第に大胆な腰遣いになっていく。

「あ、あぁん、あ、あぁ……ぁ」

腰を持ち上げる時に、意識的に媚肉にきゅっと力を込めると、それがマルスランにも心地よいようで、彼が息を乱した。

「はっ――上手だよ、エディット」

「あ、はぁ、マ、マルスラン様、も、気持ち、いいですか……?」

「とても悦《い》い、奥が吸いついて、たまらなく悦いよ」

「う、れしい……はぁ、は、あぁ、ぁあん」

はじめは上下に腰を律動させるだけだったが、だんだん自分の感じる箇所がわかってくる。少し斜め上に向けて腰をうごめかすと、充血した秘玉が擦れてたまらなく気持ちいい。

「あぁ、あ、当たる、あぁ、ここ、あ、ここ、きもち、いい……っ」

尻上がりに快感が増幅し、官能の波に一度飲み込まれてしまうと、はしたない言葉も躊《ちゅう》躇《ちょ》なく口にできるようになる。

「んぁ、あ、はあ、は、あぁ、あ」

動くたびに粘膜の打ち当たるぐちゅんぐちゅんという卑猥《ひわい》な音が、居間の中に響く。

「悦いよ、すごく悦い、エディット」

マルスランの両手が伸びてきて、エディットの双乳を摑み上げ、揉みしだいてきた。尖り切った両方の乳首をきゅうっと摘み上げられ、鋭い快感が下肢に走り背中が大きく仰《の》け反《ぞ》った。

「あん、いやぁ、あ、そこ、だめ、おっぱい、だめぇ……」

「だめではなく、悦いだろう？　締まりがますます強くなったぞ」

マルスランはエディットの反応を楽しむように、乳首をぴんぴんと指先で弾いては刺激してくる。

「んぁ、あ、やぁ、あ、あぁ、あぁぁん」

絶え間ない愉悦に襲われ、エディットは思わず腰の動きを止めてしまう。

「だめだめ、止まっては。もっと動くんだ」

やにわにマルスランが下から激しく腰を突き上げてきた。

「あっ、あああああーっ」

奥まで深く胎内を抉られ、脳芯まで喜悦が駆け抜けた。エディットは目を見開いて甲高《かんだか》い嬌声《きょうせい》を上げてしまう。一瞬で絶頂に飛んでしまった。

「まだまだだ」

マルスランはエディットの細腰を抱え込むと、真下からガツガツと突き上げてきた。頑丈なソファがぎしぎしと軋《きし》むほどの勢いだ。

「あっ、あ、あ、やぁ、あ、も、い、達った、の、達ったから、あ、ぁあ、あっ」

激しく上下に揺さぶられ、あられもない声も途切れ途切れになる。

「何度でも達くといい、そら、もっとだ」

「あぁん、やぁ、ふ、深い、あ、当たるぅ、奥、当たって……っ、おかしく……っ」

間断なく襲ってくる悦楽に、エディットは金髪を振り乱していやいやと首を振る。もうやめて欲しいのに、媚肉は、剛直で突き上げられれば奥まで吸い込み、出て行こうとすれば逃がさないとばかりに締めつけてしまう。まろやかな胸が、突き上げられるたびにたぷんたぷんと上下に揺れる。マルスランは、目を細めてエディットがはしたなく喘《あえ》ぐ様を見上げている。

「あ、あぁ、あぁあ、はぁあぁん」

「──そんな顔をされると、もっと乱したくなる」

マルスランは繋がったまま上半身を起こし、目の前に揺れる乳房に顔を埋め、鋭敏な赤い尖りを口に含んだ。

ちゅうっと乳首を吸われると、指で弾かれていたのとはまた違う深い刺激が下肢に走る。強く吸われたかと思うと、前歯でこりっと甘噛みされ、被虐《ひぎゃく》的な快感に腰が大きく跳ねた。

「いやぁあ、あ、だめぇ、噛んじゃ……あぁ、あぁああ」

「これも悦いのだな、また蜜が溢《あふ》れてきたぞ」

「いやぁ、んぁ、あ、は、はあ、ぁあ……」

「もっと、奥まで掻き回してやろう」

「あ、もう……」

これ以上は無理だと言いたいが、愉悦に頭の中が酩酊《めいてい》して、うまく言葉も出てこない。

マルスランはエディットを仰向《あおむ》けに押し倒し、片足を肩に担ぎ、もう片方の足を大きく開かせる体位にさせた。

「や、やあっ、この格好……っ」

マルスランを受け入れている秘所が露になってしまう。

「そら、あなたの恥ずかしいところが全部見えるぞ」

マルスランが楽しげにつぶやく。

「ぬるぬるの花びらが私のモノを、美味そうに頬張ってひくついている。花芽《かが》が見ているだけでぷっくり膨らんでくるね。なんていやらしいんだろうね」

「う、うう、見ないで……恥ずかしい……」

「いや、もっと見てやろう。あなたは恥ずかしいことが大好きだろう?」

「違う、違うのぉ……っ」

顔を真っ赤に染めて反論するが、マルスランの熱い視線を結合部に感じるだけで、きゅうんと内壁が感じ入り、新たな蜜をとろとろと吐き出してしまう。

「違わないだろう？　私の熱いので、もっとぐちゃぐちゃに掻き回して欲しい？」

マルスランは腰の動きを止めると、誘うような口ぶりでたずねる。

「うあ……ぁ……」

睦《むつ》み合って興が乗ってくるとマルスランは、時に意地悪になる。わざとエディットの口から恥ずかしい言葉を引き出して、悦ぶのだ。はじめのうちは、なんて憎たらしいのだろうと思うときもあったが、次第にこうした睦言のやりとりも、官能の悦びを深める手管《てくだ》であるとわかってきた。

わかってはいるが、恥ずかしいことには変わりない。

ためらっていると、マルスランがずるりと太竿を雁首の括れまで引き抜いてしまう。

「あ、ん、だめぇ……」

思わず非難めいた声を上げてしまう。マルスランは浅瀬をゆるゆると行き来する。

「さあ、どうして欲しいの？」

揶揄《からか》うように言われ、エディットは羞恥に泣きそうになる。

「わ、わかっているくせに……いじめないで」

「閨《ねや》では、なぜかあなたをいじめたくなるんだ。恥じらうあなたの姿が、とても興奮するんだよ」

「も、もうっ……ひどいわ」

口惜しいが、濡れ襞は強い刺激を求めてうずうず蠕動《ぜんどう》を繰り返し、エディットを追い詰める。震え声で懇願する。

「マ、マルスラン様の、熱くて太いので……私の奥まで掻き回してください……」

「……ぐちゃぐちゃにされたい？」

「ぐちゃぐちゃにしてください」

「いい子だ」

ずくんと最奥まで貫かれ、待ち焦《こ》がれた衝撃に一瞬で絶頂に飛ぶ。

「ひあああぁっ」

あられもない嬌声を上げると、マルスランはさらにガツガツと腰を打ちつけてくる。

「あ、あん、あ、あぁ、あ、また、あ、また、達く……っ」

どうしようもない愉悦の嵐に翻弄され、エディットは感じ切った声を上げ続ける。

太い根元が秘玉の裏側を擦り上げるようにして抜き差しすると、気持ちよすぎて頭が真っ白になる。

マルスランも吐精に耐えるような表情で、額からぽたぽたと珠のような汗を滴《したた》らせている。そのうち、彼の脈動の先端がエディットの官能の源泉を探り当て、そこをぐいぐいと押し上げてきた。激しい尿意に似た喜悦が込み上げ、エディットは理性が瓦解する予感に怯えた声を上げる。

「あ、あ、そこだめ、あ、だめぇ、出ちゃう、漏れちゃう、からぁっ」

いやいやと大きく首を振る。

「漏らしていい、出してしまえ」

マルスランは凶暴な声を出すと、繰り返しその箇所を穿《うが》ってきた。

「あ、あ、だめ、あ、あ、だめぇ、あぁあぁあっ」

エディットは甘く啜《すす》り泣きながら果ててしまう。一瞬全身が硬直し、直後、あっという間に弛緩する。同時に、緩み切った箇所から、さらさらした熱い潮がぴゅっと噴きこぼれた。繋がった二人の下腹部をびしょびしょに濡らしてしまう。

「……あ、あぁ、ひどい……いやって、言ったのに……」

エディットは両手で顔を覆って掠れた声を出す。

「なにも恥ずかしくない。あなたの身体が熟れてきた証拠だよ。中だけで達するようになったね」

マルスランはひときわ激しく腰を揺すり、ぐちゃぐちゃになった箇所を抉り続ける。

再び上り詰め、エディットは息も絶え絶えになって泣き叫んだ。

「も、いやぁ、だめぇ、死んじゃう……もう、もうっ……」

行きすぎた快楽は苦痛にも通じるということを、初めて体感した。

「死んでもいい、私が何度でも生き返らせてやる、エディット」

マルスランは片手で結合部をまさぐり、膨らみ切った陰核をぬるぬると指で撫でた。同時に、張った欲望でずんずんと性感帯を突き上げてきた。

「いやぁあああぁ、いや、あ、あ、あ、止まらない、あ、止まらないのぉ……っ」

感じる部分を全部刺激され、エディットはポロポロと涙をこぼして身悶《みもだ》えた。

「あ、あぁ、あ、また、あ、また、出ちゃう、ぁあ、来る、だめ、だめぇ」

数え切れないほど達した蜜壺は蠢動《しゅんどう》しながら、マルスランの灼熱の剛棒をきゅうきゅう締めつけた。そして、何度もじゅわっと透明な愛潮を噴き出す。

「っ――終わる、私も――出すぞ、エディット――」

マルスランがくるおしげに大きく息を吐く。

「はぁあ、来て、ああ来て、お願い、一緒に……っ」

「――達く――っ」

マルスランがぶるりと胴震いした。

同時に、エディットの意識が絶頂の極みで一瞬飛ぶ。

エディットの胎内で雄茎がびくびくと跳ね、熱い白濁《はくだく》を吐き出す。

「……ぁ、あ、ぁあ……」

お腹の中にじんわりと熱いものが広がっていく。全身から力が抜け、汗がどっと噴き出した。

「は、はあ――」

マルスランは扱《しご》くように腰を何度か穿つと、精を残らずエディットの中に注ぎ込む。それから力なくエディットの上に崩れ落ちてくる。

浅い呼吸を繰り返すエディットの胸に顔を埋め、マルスランもまた息を乱す。

身も心も満たされた充足感に、エディットは陶然《とうぜん》としてマルスランの艶やかな髪をそっと撫でた。

「――ああ、幸せだわ」

思わずつぶやいていた。

マルスランがわずかに顔を上げ、熱のこもった眼差しで見つめてくる。

「私も、幸せだ、エディット」

エディットは心の中でほろ苦く思う。

（このまま、時が止まってしまえばいいのに……）

そんなこと、これまで感じたことはなかった。子どもの頃から寿命に限りがあると知っていて、その日その日を楽しく暮らすことしか考えてこなかった。

日ごとに近づいてくる終わりの日を、半分諦《あきら》めの境地で受け入れてきた。

けれど。

マルスランと出会い、彼に恋し、彼の妻として生きているうちに、人生に未練と執着が湧いてきてしまった。

エディットは目をぎゅっと瞑り、そんな気持ちを振り払おうとする。

考えてはいけない。

苦しくなるだけだ。叶わぬ願いを抱いてはいけない。

マルスランにこの内心を知られたら、彼をも苦しめることになるかもしれない。

最期まで無邪気に明るくそして、気高く振る舞うのだ。

マルスランの妻として相応《ふさわ》しく。

ふと気がついて目を開くと、マルスランはすうすうと心地よさげに寝息を立てている。

形のいい唇がぽかっと開いて、あどけない。

「ふふっ、子どもみたい」

エディットは笑みが込み上げる。

「ほら、マルスラン様、起きてください。こんなところで寝てはお風邪を召しますよ」

そっと肩を揺すると、マルスランが気だるそうに目を覚ました。

「ん――好きだ、エディット」

心臓がドキンと跳ねた。彼は寝ぼけていて、自分でなにを言っているのかわからないのだろう。

「さあ起きて、ベッドに行きましょうね」

マルスランは目を擦りながらのっそり起き上がった。

「あなたも、一緒だ」

「はいはい、わかってます。一緒にベッドに行きますよ」

エディットは、立ち上がったマルスランの背中を寝室に向けて押しやりながら、胸に溢れてくる愛《いと》おしさに心臓がきゅんと痛んだ。


数日後。

エディットはマルスランの執務室で、明日の外国から来る要人を迎える歓迎式典について打ち合わせをしていた。

そこへ、侍従が現れサザール宰相の訪問を告げた。

「陛下、少しお話がございます」

入室したサザール宰相は、恭しくマルスランに一礼した。そして、わざとらしく気がついたように言う。

「おお王妃殿下もご一緒でしたか。これは失礼しました」

サザール宰相が、自分のことをを「金づる」としか思っていないことを知っているエデイットは、内心複雑ではあった。だが地位の高い臣下である。表向きは笑みを浮かべて応《こた》えた。

「お仕事のお話でしたら、私は席を外しますね」

エディットが椅子から立ち上がろうとすると、サザール宰相が首を横に振る。

「いやいや、王妃殿下にもぜひご意見を伺《うかが》いたく」

マルスランがかすかに眉を寄せた。

「なんの話だ？　宰相」

「実はですね」

サザール宰相はもったいぶった声を出す。

「陛下に、側室を迎えるのはいかがと思いまして」

「側室、だと？」

マルスランの声が険しくなり、眉がさらにきつく寄った。

エディットもどきりと心臓が跳ねた。

「私は結婚したばかりだぞ、宰相」

「もちろん、存じております。これまで女性にご興味のなかった陛下がご結婚なされたことは、誠に喜ばしい。だからこそ、の提案でございますよ」

「なんだと？」

　サザール宰相はちらりとエディットを見遣った。哀《あわ》れむような眼差しだ。

「大変申し上げにくいのですが、王妃殿下にはお命の期限がございましょう?」

「無礼だぞ、宰相!」

　マルスランが顔を青くして、立ち上がった。

「マルスラン様、いいんです。私の寿命については、周知のことです」

　エディットは慌てて、横にいるマルスランを宥《なだ》める。

　サザール宰相は慇懃《いんぎん》に言葉を続けた。

「国王には、お世継ぎを作るという大切な役目がございます。結婚なされて、陛下は男性としての機能が充分に証明されました。ですから、側室を、と提案しております」

　マルスランのこめかみに怒りの血管が浮く。

「妻はエディット一人でいい」

「無論、ご正室は王妃殿下でございます。陛下は王妃殿下をこのまま存分に大事になさいませ。で、それとは別に、お世継ぎは側室に産ませればよいと存じます」

「そんな、女性を子どもを産むための道具のように扱いたくない」

　マルスランは吐き捨てるように言う。

　サザール宰相が少しきつい口調で言う。

「失礼ながら陛下。お世継ぎができないままでは、この国の将来にかかわります。ここは国王の義務として、割り切ってください」

「義務、だと？」

マルスランが怖い顔でサザール宰相を睨む。

じっと聞いていたエディットは、静かに言葉を挟んだ。

「――マルスラン様、その方がよろしゅうございます」

マルスランが目を瞠《みは》ってエディットを振り返った。

「あなたは、なにを言っている？」

エディットはできる限り明るい笑顔と声を作った。

「だって、私には時間がありません。お子は、側室となる方とお作りになるとよろしいわ」

「心にもないことを言うな！」

マルスランが珍しくエディットに怒鳴った。

エディットは一瞬気圧されそうになるが、胸の中で歯を食いしばり、さらに無垢な笑顔を作る。

「いいえ、本心です。私は王妃という立場になれただけでも満足ですもの。でも、これからの王家のことを考えたら、サザール宰相の進言は至極真っ当であると思うわ」

「これは、なんとお心の広いご立派なお言葉でしょう」

サザール宰相が大仰《おおぎょう》な声を出した。

「それが、あなたの望みなのか？」

マルスランが鋭い眼差しで睨んでくる。

エディットは必死で笑みを顔に張りつかせた。

「もちろんです。この国のためなら、私はなんでも受け入れる覚悟ができております」

「――」

マルスランが一瞬言葉を失い、絞り出すように言った。

「――側室の女性の当てでもあるというのか？」

サザール宰相が待ってましたとばかりに言った。

「無論です。私の一人娘のテレーズは身分といい容姿といい器量といい、側室にピッタリではございませんか。テレーズは陛下を大変お慕いしておりますし、彼女は生まれてこのかた、大きな病気もしたことはなく、極めて丈夫で長生きしそうな娘でございます」

サザール宰相の「丈夫で長生き」という言葉が、キリキリとエディットの胸に突き刺さる。

「あの……では、そういうことで。私はもう失礼します」

エディットは素早く立ち上がると、逃げるように執務室を後にした。

「待て――」

マルスランが後ろから呼び止めようとしたが、聞こえないふりをして廊下に飛び出した。

廊下で待機していたマチルドは、血相を変えて飛び出してきたエディットの様子に目を丸くする。

「王妃様、どうなさいました。お顔が真っ青でございますよ」

エディットは作り笑いを続ける。

「あら、なんでもないわ。私の用はすんだので、お部屋に戻ります」

それだけ言うと、さっさと歩き出した。マチルドが慌てて後を追う。

(マルスラン様の御子……マルスラン様との御子……)

頭の中でぐるぐる言葉が渦巻く。

エディットも考えないではなかった。

愛する人との子どもが欲しい。

だがもし今、子宝に恵まれたとしても自分はすぐに死んでしまうのだ。生まれてすぐに母を亡くした子どもの悲しさや寂しさは、エディットが一番身に染みてわかっている。だから、子どもなど望むべくもない。

マルスランが国王として世継ぎを作る必要があるのは、理解している。

だからこそ、サザール宰相の提言を支持したのだ。

王家とこの国のためなら、なんでも受け入れる覚悟ができていると言ったのは本心だ。

けれど。

マルスランが他の女性を愛し睦み合うことを考えるだけで、心が張り裂けそうだった。

マルスランを独り占めしたい。自分だけを見て欲しい。他の女性と仲良くしているところなど、見たくもない。

嫉妬、怒り、憎しみ、自己嫌悪――。

今まで知らなかった暗い負の感情が全身を満たす。エディットは頭を強く振った。

「嫌っ、こんな私は嫌っ」

自分の部屋に戻ると、マチルドも含め誰も入らないように命じた。エディットはソファに頽《くずお》れるようにへたり込んだ。

テーブルの上に載せてあった鳥籠の中から、プラーテが嬉しげに囀《さえず》る。

「オハヨ、コンニチワ、ゴキゲンイカガ？」

エディットが毎日熱心に言葉を教えているので、利口なプラーテは様々な言葉を喋るようになっていた。

「カワイイハナヨ、ワスレナグサヨ、ワタシガオマエノヨウニ、チイサクカワイイハナナラバ――」

プラーテはエディットのお気に入りのオペラを歌うように囀り始めた。エディットがよく口ずさんでいるので、いつの間にか覚えてしまったようだ。

エディットは顔を上げ、プラーテに向かってかすかに笑みを浮かべる。

「ふふ、上手ね。可愛いわね」

「カワイイエディット、カワイイエディット」

プラーテは得意そうに繰り返した。一番最初にマルスランが教えた言葉だ。

「う……」

エディットは涙が込み上げてきて、必死にそれを押し殺す。

泣いてはだめ。抑え込んでいる負の感情が、一気に噴き出してしまう。

「好き、マルスラン様、大好き、愛しています」

口の中で何度も繰り返した。

マルスランを愛せる幸せと喜びだけを考えるのだ、と自分を強く戒《いまし》めた。


しかし、その日の晩餐の席で、二人は出会ってから初めて喧嘩《けんか》をしてしまった。

エディットが時間になって王家専用の食堂に入っていくと、すでに席に着いていたマルスランは、明らかに不愉快な顔をしていた。

彼は無言で立ち上がり、無言でエディットの椅子を引いた。仕草は礼儀正しいが、いつもなら優しい言葉でドレスや髪型を褒めちぎってくれるのに、それも一言もない。

エディットは気まずく着席した。

前菜が出されるまで、マルスランはずっとぶすっと押し黙っている。

エディットはエビのカクテルを口にして、わざと明るい声を出した。

「わあ、このエビ、ぷりぷりして最高の口当たりですね」

やにわにマルスランがフォークとナイフを音を立ててテーブルに置いた。がちゃんと鋭い音がした。いつもは彼はそんな無作法をしないので、エディットはびくりと肩を竦《すく》めた。

マルスランは皿を見つめながら低い声で言った。

「なぜ、側室など私にすすめたんだ」

エディットは口の中のエビが石のように固くなるような気がした。

「だって……マルスラン様は、お子様が欲しくはないのですか？」

「それは——欲しい」

「でしたら、側室を娶《めと》られた方がいいでしょう？　私にはできないことなのですから。もし、私に子どもができたとしても、その成長を見守る時間がありません。母に先立たれる子どもの悲しみは、私が一番よく知っております。だから、私は子どもは欲しくありません」

マルスランが顔を上げて、エディットをじっと見る。鋭い眼差しだ。

「それが、あなたの本心なのか？」

エディットは心の中を見透かされそうな気がして、そっと目線を逸《そ》らした。

「も、もちろん、です」

マルスランが少し悲しげな顔になる。

「あなたは、私との結婚を喜んでくれているとばかり思っていた」

エディットは彼をまっすぐに見遣った。

「もちろん、マルスラン様と結婚できたことは、私の生涯の喜びです」

「それならば——」

エディットは強い口調で言う。

「私は、私がいなくなった後も、マルスラン様には幸せでいて欲しいだけです」

「いなくなるなどと、言うな」

「言います。決まっていることなのですから。私は、目を逸らすわけにはいかないのです。マルスラン様はおっしゃったではないですか。私は楽しいこと嬉しいことだけを考えていろって。今の私は、マルスラン様のお役に立てることが一番嬉しいの。だからどうかわかって——」

ふいにマルスランが膝の上のナプキンをテーブルに投げつけた。

「わかった。あなたの本心はよくわかった、もう言わなくていい」

マルスランらしからぬ乱暴な態度に、エディットは思わず口を閉ざした。

「あなたが望むなら、側室を娶ろう。それがあなたの喜びならばな」

マルスランが椅子を蹴るようにして立ち上がる。

「公務が残っていることを思い出した。あなたはゆっくり食事しなさい」

そっけなく言い残し、彼は後ろも見ずに食堂を出て行ってしまった。

「あ、マルスランさ……」

呼び止めようとして、エディットは言葉を呑み込んだ。

二人がこんな棘々《とげとげ》しい空気になったのは、初めてだ。

エディットはすっかり食欲が失せてしまったが、料理長が心を込めて作ってくれた料理を残すことはできず、黙々と食事を続けた。

味が少しもわからない。

なぜマルスランがあんなに不機嫌になるのか理解できない。

もとより彼は、二年の寿命だと承知してエディットと結婚したのではないか。

この国の復興のために、オリオール王国の後ろ盾が欲しかったのではないのか。

なのに、エディットが二年後のマルスランのためを思って言っていることに、なぜあんなにも腹を立てているのだろう。

エディットは混乱し、しょんぼりと孤独な食事を終えた。

その後、マルスランは仕事が終わらないので執務室で仮眠を取ると、侍従を通じて連絡してきた。

この国に嫁いできて初めて、エディットは独り寝をすることになった。

夫婦用のベッドは一人で寝るにはあまりに広く、エディットは何度も寝返りを打ち、いつまでも眠りにつくことができなかった。

第四章　離れ難い気持ち

翌朝。

エディットは寝不足ですっかり目が腫《は》れてしまった。

マチルドが気を遣って、冷たいタオルで目元を冷やしてくれた。彼女は、食堂にいた懇意になった侍従から、昨夜の二人の言い争いの様子を聞いたようだ。マチルドは気遣わしげに言う。

「王妃様、陛下は心から王妃様のことを大事にしていると思いますよ」

エディットは鏡の中の自分の顔が、あまりにやつれているのに驚く。マルスランと喧嘩《けんか》をしたことが、こんなにもショックだったのだ。

「そんなことは、わかっているわ」

「でしたら、陛下のお気持ちを逆撫《さかな》でするようなことは、言わない方がようございますよ」

「逆撫で？　側室をすすめたことが？」

「はい、陛下は王妃様だけを大切に思っておられるのです」

「私が一番大事だということは、とても嬉しいわ――だから、側室の方を二番目に大事になさればいいのよ」

マチルドがかすかにため息をつく。

「そういう意味ではないと思うのですが」

「じゃあ、どういう意味？」

少し声を荒らげて聞き返すと、化粧台の鏡の中に戸口から入ってくるマルスランの姿が映るのが見え、慌《あわ》てて笑顔を作った。

「おはようございます、マルスラン様」

くるりと振り返り、いつもの明るい声で挨拶《あいさつ》する。

マルスランも執務室ではよく寝られなかったのか、珍しく目の下にクマを作っていた。

彼はエディットの腫れて赤い目を見て、胸を突かれたような表情になった。

「おはよう、エディット」

マルスランはことさら明るくしたような声で挨拶を返すと、近づいてきてエディットの額にそっと口づけした。

「その――昨夜はひどい態度を取ってしまった。すまない」

「ううん、いいんです」

マルスランは少しトーンを落として続けた。

「あなたの進言を受け入れよう」

「え……」

マルスランは穏やかに言う。

「側室を――サザール宰相のご令嬢を、側室として受け入れることにした」

「――」

ずきんと心臓が痛み、一瞬言葉に詰まった。だが、エディットはすぐさま満面の笑みで返した。

「それはようございました。これで王家の将来は安泰ですね」

マルスランはエディットの顔をじっと見つめた。

「あなたがそれを望み、喜ぶなら――」

「嬉しいわ。テレーズさんでしたっけ、確か私と同い年くらいなのでしょう？　お友だちになれそう。とても楽しみです」

マルスランが小さくため息をつく。

「そうか」

「ええ。そうだわ、マルスラン様、午後のお茶に、テレーズさんをお招きしましょうよ」

マルスランが返事に詰まる。

「そんな、急に――」

エディットは、はしゃいだふりをして早口で言った。

「善は急げって、マルスラン様がよく言うではないですか。大丈夫。私に万事任せて。素敵なお茶会にしますから。マチルド、すぐにサザール宰相様のお屋敷に、お使いを送ってちょうだい。午後、テレーズ様を王家のお茶会にお招きしますって」

マチルドはちらちらとマルスランとエディットを交互に見遣《みや》った。

マルスランが静かな声で言う。

「そのように手配してくれ、マチルド」

「かしこまりました」

マチルドは小声で返事をし、頭を下げて退出した。

「ああ、なんだかすごくウキウキしてきました。さあマルスラン様、朝ごはんを一緒にいただきましょう。私、お腹がぺこぺこです」

エディットは元気よく立ち上がり、マルスランの右腕に自分の手を絡めて甘えた。マルスランは目を細め、エディットの髪を撫でる。

「そうだな、楽しく食事をしよう」

その後は、二人はいつもの仲良しに戻った。

エディットは少し大げさなくらい機嫌のいいふりをした。

サザール宰相の屋敷からは、謹《つつし》んでお茶会の招待を受けると返事が戻ってきた。

「さあ忙しくなるわ。今日はお天気がいいから、中庭のガーデンテラスでお茶をいただきましょう。真っ白な椅子を三脚とテーブルを用意して。茶器は小花の散った象牙《ぞうげ》色のティーセットがいいわ。お菓子は、バターケーキとマカロンにしましょう。王家の楽団に頼んで、素敵な曲を演奏してもらうのもいいわね」

エディットは侍女たちにテキパキと指示を出す。

マチルドはじめ侍女たちはみんな、エディットの気持ちを慮《おもんぱか》ってか余計な口を利かず、言われた通りにお茶会の準備に取りかかった。

昼過ぎには、すっかりお茶会の支度が整った。

約束の時間より早く、テレーズが王城に到着したという連絡が来た。

エディットは若草色のシンプルなデザインのデイドレスに着替える。髪型や装飾品はできるだけ控えめにして、今日のお茶会の主役であるテレーズの引き立て役に徹しようと思った。

控えの間に出向くと、すでにそこでテレーズがマルスランと談笑していた。

テレーズは目鼻立ちのくっきりした美貌と肉感的な肢体の持ち主だった。派手に盛り上げた髪型と宝石でこれでもかと飾り立てた真っ赤な豪華なドレスに身を包んでいた。同い年くらいと聞いていたが、ずっと大人びて見える。

「テレーズさん、ようこそいらっしゃいました」

エディットは満面の笑みで出迎える。

「お招きいただいて光栄でございます」

テレーズはすらりと立ち上がると、優雅な仕草で一礼した。テレーズはエディットより頭半分くらい背が高く、長身のマルスランと並ぶととてもバランスのいいカップルになりそうだ。

「今、陛下とお話をさせていただきましたの。とても会話が弾みましたわ。おほほ」

テレーズは口元に孔雀の扇を当てて、上品に笑う。

「さあさ、中庭にどうぞ。すっかり用意はできてましてよ」

エディットがいざなうと、マルスランは素早くテレーズに手を貸した。

マルスランは実に紳士的に振る舞っている。

緑滴《したた》る中庭のカーデンテラスには日除けの大きなパラソルが広げられ、その下に丸みを帯びたデザインの白い椅子とテーブルが設置されていた。マチルドはじめ数人の侍女たちが待機していた。

テーブルの上には、エディットが指示した通りに白磁の上品な茶器と、焼きたての美味しそうなお菓子が並べられていた。

「どうぞ、今お茶を淹《い》れさせますね」

マルスランがテレーズのために椅子を引いてやる。テレーズは優雅に腰を下ろすと、艶《あで》やかな眼差しでマルスランを見上げてにっこりした。マルスランも微笑み返す。

エディットは胸がずきりと痛んだが、見ないふりをした。マルスランは次にエディットの椅子も引いてくれる。座り際に、彼が耳元でささやく。

「その若草色のドレス、とても似合っているよ」

エディットは嬉しくて口元がにまにましそうになったが、今日の主役は自分ではないと気がつき、慌てて表情を引きしめた。

マルスランの席はテレーズの向かい側に決めておいた。テレーズは蕩《とろ》けそうな顔でマルスランに熱い視線を送っている。

あんなに美麗で高貴なマルスランなのだ。若い女性なら誰だって魅了され、うっとりしてしまうだろう。

マチルドが侍女たちに給仕させ、香り高いアッサムティーがそれぞれのカップに注がれた。

「陛下、素晴らしいお庭ですわね」

お茶を飲みながら、テレーズはマルスランに視線を向けたまま色っぽい声で言う。

「この庭は、我が王朝が始まって以来ずっと、代々の国王が大事に世話をさせてきたものです。できるだけ自然の森に近いような形に植物を育成し、野生の鹿や狐なども棲《す》みついているのですよ」

マルスランが穏やかな口調で説明する。いつもなら、率先して会話に加わるエディットだが、今日は二人に遠慮して静かにお茶を啜《すす》っていた。

「あらそうなのね。でも、やっぱりお庭は手を入れた方がよろしいと思いますわ。樹木をウサギとか白鳥とかの動物の形に剪定《せんてい》するのが、今、貴族の間で流行っておりますのよ。私がこのお城に住むようになったら、このお庭をもっと素敵にして差し上げたいわ」

テレーズは機嫌よくペラペラ喋《しゃべ》っている。

マルスランは口元に微妙な笑みを浮かべたまま、答える。

「そうですか。それもいいかもしれませんね」

「でしょう？　それに、先ほどお城の中を拝見しましたけれど、失礼ですが、少し古臭い調度品が多いようにお見受けしました。私なら最新の流行のものに、取り替えますわ。その方が王家としての箔がつきますもの」

マルスランがかすかに眉を顰《ひそ》めた。彼は先祖代々から伝わる調度品を、長く大事に使いたいと考えている人だからだ。

エディットは慌てて助け舟を出す。

「あの、テレーズさん。今、災害復興のため、国庫にあまり余裕がないのよ。それに陛下は、質素倹約をモットーとなさっておりますから」

テレーズが初めてエディットの方をまともに見遣った。彼女は少し高慢そうに言った。

「あらそれならば、王妃殿下のご実家に援助を、もっとお頼みになられればよろしいのに。お国はとても裕福なのでしょう？　王家が貧乏臭いなんて、他国に示しがつきませんわ。そうではありませんか、陛下？」

マルスランが憤慨《ふんがい》した顔で、ちらりとエディットに視線を送った。彼がテレーズにきつい言葉を言いそうな雰囲気を感じ、エディットは目で穏やかに穏やかに、と彼に合図する。

マルスランは表情を固くしたままテレーズに答えた。

「あなたが気になさらなくても、私が他国に文句は言わせませんよ」

皮肉混じりの言い方だったが、テレーズはそれには気がつかない。逆に感心したように大仰に誉め称えた。

「まあ、やはり陛下は男らしくて素敵ですわ、この国の将来は安泰ですわ！」

マルスランは苦笑した。だが、マルスランの表情の機微がわからないテレーズは、図に乗ったように、流行の帽子の形とか社交界の噂話などを喋りまくっている。

マルスランは黙って鷹揚《おうよう》に聞いている。

エディットは内心ひやひやしながらも、笑顔で二人の様子を見守っていた。

はたから見ると、マルスランとテレーズはとてもお似合いだ。

側室としてテレーズは、身分といい美貌といい、マルスランにとても相応《ふさわ》しい女性に思えた。そろそろ二人だけにしてあげて、もっと親密度を深めてあげるべきだろう。

「あらいけない。私、用事を思い出しましたわ。陛下、テレーズさんのお相手を頼みますね。テレーズさん、ごゆっくり歓談なさってね。では、失礼します」

エディットはさりげなく立ち上がる。

「どうぞどうぞ。王妃殿下、あとは私にお任せくださいませ」

テレーズは無礼にもエディットに顔も向けずに答えた。

「陛下、どうぞよろしくお願いしますね。あくまで紳士的に。マチルド、行きましょう」

エディットはマルスランに念を押すように言うと、返事を待たないでゆったりとした足取りでその場を後にした。

背中にマルスランの視線を感じなくなるまで、優雅に足を運んでいたが、中庭から廻廊に出ると、思わず小走りになってしまった。

本心は、これ以上マルスランとテレーズが親密になるところを見ていたくなかったのだ。

マチルドが慌てて声を掛けてくる。

「王妃様、そんなにお急ぎになって、どちらに行かれますか？」

エディットはハッとして足を止め、廻廊の柱に片手をついて息を整えた。

「いやだ、私ったら――」

マチルドがそっと背中を摩《さす》った。

「おいたわしい——ご無理をなさって」

エディットはキッとマチルドを見返した。

「無理なんかしてないわ！　私はマルスラン様のためを思って——」

「陛下も、少しも楽しそうではなかったようにお見受けしましたよ」

マチルドの冷静な声に、エディットは言い返した。

「そんなことないわ。テレーズさんは側室にはとても相応しいお方だと思うわ！」

「そうでしょうか。私にはいささか考えの足りない方に思えましたがね」

「失礼だわ、マチルド、言葉を慎みなさい！」

エディットは自分がムキになっていることに気がついた。これまで、誰に対しても声を荒らげたことなどなかったのに——。

声のトーンを落とす。

「でも——とても健康そうなお方だったわ。少なくとも、呪いなんかに掛かっておられないもの……」

「王妃様、それをおっしゃっては——」

マチルドが悲痛な顔になる。エディットはいつもの無垢《むく》な笑顔を作った。

「うふふ、冗談よ。私はお部屋で少し休むわね」

「——かしこまりました」

マチルドはそれ以上言い募らなかった。

自室に戻ったエディットは、マチルドに手伝ってもらい着替えることにした。鏡の前でコルセット姿になったエディットは、ハッと息を呑《の》んだ。

胸の花びらの痣《あざ》の最後の一枚の色が、前より濃くなっている。

「……」

マチルドに見られないよう、そっと片手で胸元を隠しながら着替えを終えた。

刻一刻と終わりの日が近づいているのだ。

負の感情に囚《とら》われていてはいけない。

マルスランのために、最期まで自分ができることに力を尽くそう。

エディットは鳥籠《とりかご》からプラーテを出し、肩に止まらせた。

「コンニチハ、カワイイ、エディット、カワイイ、エディット、コンニチハ」

プラーテは目をくりくりさせて愛嬌《あいきょう》のある声で囀《さえず》る。

「ふふ……」

少しだけ気持ちが明るくなった。

と、その時だ。廊下から荒々しい足音が聞こえたかと思うと、部屋の扉がバタンと音を立てて開かれた。

「きゃ……っ」

驚いて振り返ると、蒼白な顔をしてマルスランが立っていた。

エディットは驚いて立ち上がる。

「どうなさいました？　マルスラン様。テレーズさんは……？」

マルスランは乱暴に扉を閉めると、ずかずかと部屋に入ってきた。肩に止まったプラーテが怯《おび》えて、キーッと甲高《かんだか》い声を上げて部屋の隅に飛んで逃げる。異様なマルスランの態度に、エディットも怖くなって後退りした。壁際まで追い詰められる。

マルスランが威嚇するような眼差しで見下ろしてくる。

「ご令嬢には丁重にお引き取り願った」

「え？　お引き取りって……どうしてです？　テレーズさんは側室には申し分ないお方では――」

「側室など欲しくない！」

硬い声で返される。

エディットはどうしてマルスランがこんなに怒っているのかわからず、うろたえる。

「で、では、テレーズさんは次の奥様に――」

「次などいらぬ！」

吐き出すように言われ、エディットは駄々っ子を宥《なだ》めるような笑みを浮かべた。

「国王陛下がそんなわがままを言ってはいけませんわ。テレーズさんがどうしてもお気に召さないのなら、国中から相応のご令嬢を探すように、私が手配いたしますから」

マルスランの表情が苦しそうに歪《ゆが》む。

「これだけ言っても、まだあなたはわからないのか？」

「え？」

マルスランの金色の瞳が揺れた。

「他の女性など欲しくない――私が欲しいのはあなただけだ」

「……」

「あなただけだ」

「……」

「あなたを愛している」

「っ――」

エディットは笑顔を顔に張りつけたまま固まってしまう。

マルスランはひと言ひと言に気持ちを込めた。

「あなただけを、愛しているんだ」

マルスランの告白が心臓に突き刺さる。エディットは唇がわなわなと震《ふる》えて、うまく言葉が出てこない。

「……なぜ、そのようなことを言うのです……」

うつむいて言葉を絞り出す。

「え？」

マルスランはうろたえたように言葉に詰まった。

エディットはキッと顔を上げた。怒りと悲しみで頭が真っ白になってしまった。

「なぜそんな残酷なことを言うの⁉　あなたに、愛されたくなんかありません！」

言い捨てると、くるりと背中を向けてその場から逃げ出そうとした。

「エディット⁉　待ってくれ」

マルスランがさっと腕を伸ばし、エディットの右手首を摑んだ。

エディットは振り返ることができず、肩を小刻みに震わせる。

「……あなたに、愛されたくなんか、ない……」

嗚咽《おえつ》を嚙み殺そうとして、べそべそした声になってしまった。摑まれた腕を振り払おうとしたが、びくともしない。

「お願いだ、エディット。私を見てくれ」

「……」

エディットは観念して振り返る。

「っ⁉」

マルスランが息を吞んだ。

エディットがポロポロと大粒の涙をこぼしていたからだ。

ずっと泣くまいと思ってきた。

父王の前でも侍女たちの前でも、悲嘆する姿を見せて心配させたくなかった。いつも笑っていたかった。自分の過酷な運命に、なんでもないふりをしたかった。

「ひどい——愛されて、しまったら……もっと生きたいと願ってしまうじゃないですか……！」

「エディット——それでも私は——」

エディットは、やにわに左手でドレスの襟ぐりを摑んではだけた。マルスランがハッとする。

呪いの刻印の最後の一枚の花びらが、くっきりと赤く濃くなってきている。

「終わりが近いのに——愛なんか知りたくなかった。愛なんていらない……！」

ずっと抑えてきた感情が溢《あふ》れ爆発し、もう歯止めが利かなくなっていた。

悲しみの堰《せき》が切れてしまった。

一番欲しい人から一番言われたくない言葉を聞いてしまった。

エディットは号泣しながら叫ぶ。

「愛してしまったのに……私も、あなたを愛してしまった……！」

「ほんとうか!?　エディット！」

マルスランが声を震わせて腕を引き寄せ、抱きしめようとした。

エディットは彼の腕の中で身悶《みもだ》えた。

「嫌！　離して、離して！」

「離さない！」

マルスランも激昂《げっこう》した声を出す。

「離すものか。国よりも、私の命よりも、あなたが大切で、あなたを愛しているんだ！　あなたを失うことなど、考えられない！」

「マルスラン様……」

こんなに激情に駆られたマルスランは初めてだ。あんなにも国のことを思っていた彼が、それ以上にエディットが大事だと叫んでいる。胸の中が。彼への曇りのない愛情でいっぱいになる。

だが、涙ながらに首を横に振る。

「でも、私には呪いの痣が……」

「こんな痣など——」

マルスランは乱暴にエディットを掻《か》き抱くと、剝《む》き出しになった胸元に顔を埋め、強く吸い上げてきた。

「痛つぅっ」

鋭い痛みが走り、エディットは悲鳴を上げる。マルスランは容赦なく、エディットの白い肌をところ構わず吸い上げては、赤い痕《あと》を付けていく。呪いの花びらが、マルスランの刻印する鬱血痕《うっけつこん》に覆われていく。

「私が幾らでも付けてやる。呪いの痣などわからなくなるくらいに、いくらでも――」

「あ、あ、ぁ、やめ、て……やぁっ」

マルスランが激しく興奮し劣情を催していると察したエディットは、身を捩《よじ》って彼を押し退けようとした。

「誰か――マチルド……」

人を呼ぼうとしたが、無理矢理口を塞がれてしまう。歯がぶつかり合う、がちっという音と共に、どちらかの唇が切れたのか、口の中に鉄錆《てつさび》のような血の味が広がった。

「んんぅ、ふ、ふぅぅんんっ」

獰猛《どうもう》に口の中を掻き回され、エディットの心身も急激に昂《たかぶ》っていく。強く舌の付け根を吸い上げられると、頭の中が官能の興奮に侵《おか》されて、抵抗する力が失われてしまう。

「んぁ、はぁ、だめ……」

甘い鼻声を漏らしながらも、首を弱々しく振って抗《あらが》おうとした。

だがマルスランは、エディットの両手首を摑むと、荒々しく壁に押しつけて身動きできなくしてしまう。

彼は金色の目を獣のように光らせ、エディットの視線を捉えて離さない。

「愛している、愛している、私だけの可愛《かわい》いエディット」

艶《つや》っぽい声でささやき、再び唇を奪われた。彼の濡れた舌が歯列を辿り、口腔《こうこう》を情熱的に蹂躙《じゅうりん》してくると、甘やかな愉悦が背筋を駆け抜けていく。

「ふぅ、は、んんぅ、んんんぅっ」

いつの間にか、夢中になってマルスランの舌の動きに応じていた。

「……ぁふあ、マルスラン、様……ぁ」

愛されているという悦《よろこ》びと悲しみとせつなさが、怒涛のように胸の中に迫り上がってきて、淫らな欲望が全身を熱くした。

「エディット、エディット」

マルスランは右手でエディットの細い手首を頭の上にひとまとめにして摑むと、左手ではだけていたドレスの胸元を、さらに引き下げた。マルスランによる鬱血痕が刻印された白い乳房がまろび出た。興奮で乳首は赤くツンと尖《とが》ってしまっている。

マルスランはその先端に唇を寄せる。ちゅうっと強く吸い上げられ、鋭い疼《うず》きが下肢を襲う。

「はあっ、あぁあぁん」

エディットは白い喉を仰《の》け反《ぞ》らせて、甲高い嬌声《きょうせい》を上げてしまう。

「いい声だ。もっと啼《な》かせてやろう」

マルスランは熱っぽい眼差しでエディットの表情を窺うと、赤い頂《いただき》を口に含み舌先で小刻みに擽《くすぐ》ってくる。ざわざわしたむず痒《がゆ》い愉悦が、下腹部の奥にひっきりなしに走り、エディットは身をくねくねと淫らに捩ってしまう。

乳嘴《にゅうし》の周りをねっとりと舌が這《は》い回ったかと思うと、ふいに甘噛みされ、直後に宥めるように優しく吸い上げられる。

「んぁ、は、やぁ、あ、そんなに……しないで……ぇ」

マルスランは巧みな舌遣いで、エディットの劣情を押し上げていく。

「はぁ、は、も、やぁ、も……ぅ」

子宮の奥が甘く痺れ媚肉《びにく》が飢《う》えてうごめき、蜜口《みつくち》がとろとろと濡れていく。触れられてもいないのに、太腿まで愛蜜が滴ってくるのがわかる。

濃厚な愛撫に息も絶え絶えになり、壁に背中を押しつけられて手首を摑まれていなければ、ずるずるとその場に頽《くずお》れてしまいそうだ。

「もう、欲しい？」

乳房から顔を上げたマルスランが、ぞくぞくするような色っぽい表情で顔を覗き込んでくる。その眼差しだけで、蜜襞がきゅうんと締まり、軽く達してしまいそうになった。

エディットは濡れた眼差しで見返し、消え入りそうな声で答える。

「もう、欲しい……」

「いい子だ、エディット」

マルスランは身体をさらに寄せ、片手でトラウザーズの前を素早く寛げた。そしてエディットのスカートを腰の上までたくし上げ、下穿きを引きずり下ろし、左足を抱え込んだ。剝き出しになった下腹部に、雄々しく熱い欲望の塊《かたまり》が押しつけられる。その感触だけで、背中に甘い戦慄《せんりつ》が走った。

剛直の硬い先端が、ぐりっと綻《ほころ》んだ花弁《かべん》を押し開いた。

そのままぐぐっと胎内へ侵入してくる。

「あっ、あああああぁっ」

太い滾《たぎ》りが熟れ襞をずぶずぶと掻き分けてくると、あまりに激しい喜悦の衝撃に、エディットはたちまち高みに押し上げられた。

根元まで突き入れたマルスランは、エディットの髪や耳朶《じだ》、火照《ほて》った額や頰、目尻、唇と口づけの雨を降らせた。

「この髪も、この目も耳もこの頰も唇も、私だけのものだ――そして」

マルスランがずん、と力任せに腰を突き上げてきた。

「このくるおしく心地よいあなたの中も――」

「んんぁあああっ」

子宮口まで太い衝撃が走り、エディットは再び上り詰めてしまう。

「ふふ、もう達してしまったね——すっかり私好みの身体になって——いやらしくて可愛い」

マルスランが嬉しげにため息をつき、がつがつと腰を穿《うが》ってきた。

「はっ、はぁ、あ、あぁ、あ、だって……あぁ、だって……」

激しく揺さぶられ、繰り返し襲ってくる快感に酩酊《めいてい》しながら、エディットは乱れた息の下で訴える。

「好きだから……マルスラン様が好きだから……こんなに感じてしまうのだわ」

胎内で男の肉棒がどくん、と大きく震えた。

「く——そんな殺し文句も言えるようになったのだな」

マルスランは感じ入った声を漏らし、雁首《かりくび》ぎりぎりまで男根を引きずり出すと、一気に最奥《さいおう》まで貫いてきた。

「ひあ、あ、あぁあぁぁぁっ」

凄まじい衝撃に目の前に愉悦の火花が散る。

マルスランは深く挿入したまま、亀頭の先端で最奥のさらに先を切り拓くようにぐりぐりと抉《えぐ》ってきた。これまで感じたことのない脳芯を突き抜けるような快感に、エディットは目を見開いていやいやと首を振る。

「あ、あ、そこ、あ、だめ、あ、だめぇ……っ、そこ、変に……なる……っ」

「ふ——またあなたの感じる箇所が見つかった」

マルスランはエディットの耳裏をいやらしく舐《な》め上げながら、エディットの新たな性感帯をずくずくと突き上げてきた。

「んんぅ、あうう、あ、や、だめ、あ、そこ、あ、あぁあっ」

全身の毛穴が開くような衝動に襲われ、じゅわっと愛潮を噴きこぼしてしまう。

「すごいな、きゅうきゅう締めてくる。とても悦《い》い、エディット、とても悦いよ」

マルスランは心地よさげな声でささやき、太い脈動で恥骨の裏側のざらついた膣壁を擦り上げながら、傘の開いた雁首で最奥を抉り続ける。

「やぁ、あ、だめ、あ、も、あぁ、達《い》っちゃ、あぁ、達っちゃう……っ」

激烈な快感に、エディットは何度も意識が飛びそうになった。

感じすぎて下肢はくたくたに緩んでしまっているのに、媚肉は淫らに貪欲にマルスランの雄茎を包み込み締めつけ、離そうとしない。

「悦いのか、もっとだ、もっと私を感じろ、エディット」

マルスランは身体全体をさらに押しつけ、腰をいやらしく振りたくり、太竿の根元で鋭敏な肉芽を押し潰すようにし、その上で剛直の漲《みなぎ》りで胎内を蹂躙してきた。

感じる箇所をすべて刺激され、エディットは歓喜にあられもなく泣き叫ぶ。

「や、あ、もう、あ、あぁ、だめぇ、あぁ、もうだめぇ……っ」

「悦いと言え。感じていると、私を感じていると、言うんだ」

マルスランはやにわにエディットの手首を解放し、エディットの両足を抱え上げた。ふわりと肉体が浮き、壁に押しつけられた背中だけで、身体を支える格好になる。

「きゃ、あ、あぁ、あぁあだめ、ああ、こんな格好……っ」

エディットは思わずマルスランの背中にしがみつき、全身をわななかせた。

「悦いと言うんだ」

マルスランの息遣いや声に余裕がなくなり、彼は全体重を掛けてがむしゃらに腰を打ちつけてきた。

「ひ、あ、い、悦い、あぁ、悦い、きも、ち……いいっ」

絶頂の興奮に、エディットの理性は吹き飛び、感極まって叫んでいた。

「悦いか、エディット、私も、とても悦い」

マルスランも最後の高みを目指し、一心不乱に激しい律動を繰り返す。

「んんーっ、あ、あ、あ、も、あ、もう、だめ、だめぇ、悦《よ》くて、悦すぎるのぉ……っ」

エディットは鼻から抜けるような甲高い声を漏らすと、きりきりとマルスランの背中に爪を立てた。

「もう――達くぞ、エディット、達く――っ」

マルスランが低く呻《うめ》く。

「ああ、来て、来てぇ、あぁ、お願い、あぁ、あああぁあぁっ」

脳裏が真っ白に染まり、エディットは最後の絶頂を極め、びくびくと腰を痙攣《けいれん》させた。

「っ――」

マルスランが大きく息を吐き、彼の半身がエディットの胎内にどくどくと熱い欲望の丈を吐き出す。

「……あぁ、あ、あぁいっぱい……はぁ、ぁ……」

身体の奥が男の熱い白濁《はくだく》で満たされていく。

「は――はあ、は――」

マルスランが動きを止め、荒い呼吸を繰り返した。

「……はぁ、は、ぁ……」

エディットはぐったりとマルスランの肩に頭をもたせかける。

そして、彼の耳元で気持ちを込めてささやく。

「……好き、愛しています……」

マルスランもエディットの汗ばんだ細い首筋に優しく口づけを繰り返し、ささやき返す。

「愛しているよ――」

二人は身も心も深く繋がったまま、官能の余韻に酔いしれていた。

その夜。

二人は、ベッドの中でぴったりと寄り添って横たわっていた。

互いの心が通じた今、二人はこの上ない幸福感に満たされていた。

エディットはマルスランの広い胸に顔を埋め、彼の力強い鼓動に耳を傾けている。マルスランはエディットに腕枕し、愛《いと》おしげにその髪を撫でている。

エディットは甘いため息をつく。

「マルスラン様。私、ずっと自分の人生を諦《あきら》めていたんです。なにも期待しないし、未来の夢も見ない。でも——初めてもっと生きたいって思いました。生きて、ずっとあなたを愛したいって……」

マルスランが決意が滲《にじ》む口調で言った。

「エディット、まだ時間はある——必ずあなたの呪いを解いてやる」

エディットは顔を上げ、マルスランの目をまっすぐに見た。

「嬉しい。そのお気持ちだけで、なんだか寿命が延びるような気がするわ」

「いや、絶対にあなたを呪いから解放する。そして、一緒に人生を歩んでいこう」

「はい」

エディットは素直にうなずいた。

マルスランの言葉を信じよう。

それが叶わぬ夢であっても、今は夢を見ていたい。

「愛しています」

エディットは心を込めて告げた。

「愛している」

マルスランも同じ気持ちを込めて返してくれる。

エディットは彼の首に両手を巻きつけ、そっと口づけした。自分から口づけることで、心からの愛情を伝えたかったのだ。

マルスランも微笑みながら口づけを返し、ぎゅっと抱きしめてくれた。

翌日。

エディットはプラーテを入れた鳥籠を持って、一人だけでこっそりと城の屋上に向かった。

いい天気で、空は澄み渡り風もない。

エディットは鳥籠の蓋《ふた》を開け、手を差し入れた。

プラーテがちょこんと指に止まった。

「コンニチハ、カワイイ、エディット」

エディットは指先でプラーテの嘴《くちばし》の付け根を優しく掻いてやる。

「プラーテ、ごめんなさいね」

　マルスランにねだったときには、自分が看取れるように短命なペットが欲しいと思っていた。だが、そんな思慮のないことを言ったのを、今ではとても後悔していた。

　愛しいものに先に逝かれることが、どんなに辛《つら》く悲しいことか。

　マルスランの心中が、痛いほど理解できる。

　それに、エディットはマルスランへの愛を知って、鳥籠の中の狭い世界から自由になれた。

　だからプラーテにも野に戻って、自由に生を謳歌して欲しい。

　エディットはプラーテを両手でそっと包み込む。

「プラーテ、今までありがとう」

　小声でつぶやくと、両手を思い切り高く空に突き上げ、プラーテを離した。

　プラーテがぱっと舞い上がる。

　プラーテはエディットの頭上をぱたぱたと飛び回った。

「エディット、コンニチハ、ゴキゲンイカガ、エディット」

　無邪気に囀る姿に、エディットは涙を堪《こら》えながら言う。

「プラーテ、自由に好きなところへ飛んでいきなさい」

プラーテは戸惑《とまど》ったようにしばらく同じところを旋回していた。

「エディット、カワイイエディット」

しきりにこちらに向かって囀る。

「行くのよ、プラーテ」

優しく声をかけると、プラーテは思い切ったように南の方向へ飛び去っていった。

黄色い小さい姿が、みるみる小さくなる。

「さようなら、プラーテ、元気で。最後まで元気でいてちょうだい」

エディットは声を限りに呼びかけながら、手を振った。

その後、空《から》っぽになった鳥籠を見ても、マチルドも侍女たちもなにも言わなかった。

マルスランも、エディットの気持ちを察してか、プラーテのことに触れないようにしてくれた。

もう死ぬまで、生き物を飼うことはないだろう。


「陛下、我が娘テレーズになにかご不満でもありましたでしょうか？」

サザール宰相が血相を変えて執務室に飛び込んできたのは、マルスランが正式にテレーズの側室入りを断った直後のことであった。

「宰相、落ち着いてくれ。貴殿の娘さんにはなにも不満はない。とても美しく上品な淑女《しゅくじょ》

「であられると思う」

「それならば、なぜお断りになられたのですか？」

サザール宰相がマルスランに詰め寄った。

マルスランは手にしていた書類をゆっくりと机の上に置くと、まっすぐにサザール宰相の目を見た。

「私は妻のエディットを愛している」

「は？」

サザール宰相が目を剝いた。

マルスランは情感のこもった口調で続ける。

「彼女に出会うまで、私は誰かを愛おしむという感情を知らなかった。彼女のおかげで、私の人生は豊かに彩られるようになった。それは、国や民を大事に思う気持ちをますます高めてくれた。もう、彼女なしの人生は考えられない」

「し、しかし――王妃殿下はあと一年ほどしか生きられないのですぞ。その後の王家の存続を、どうなさるおつもりですか？」

サザール宰相は言い募る。

マルスランは真剣な表情になった。

「死なせない――私は必ずエディットを生き長らえさせてみせる」

サザール宰相が皮肉そうに口元を歪《ゆが》める。

「お気持ちはご立派です。しかし誠に失礼ですが、お若い陛下は女性経験が浅く、初めての結婚に深入りしすぎておられるだけではありませぬか？　もう少し視野を広くなされるとよろしいかと。なにも女性は王妃殿下お一人ではありませんぞ」

マルスランは語気を荒くした。

「黙れ！　エディットはこの世でたった一人だ！　彼女の代わりなど、いない！」

普段怒りを露《あらわ》にすることのないマルスランが怒鳴ったので、さすがのサザール宰相もたじたじとなった。

「も、申し訳ありません。少し言いすぎました。それもこれも、陛下とこの国を思ってのことです。ご容赦ください」

マルスランは少し穏やかな表情になった。

「いや――私も感情的になった。あなたの娘御は素敵な淑女だ。いくらでもいいご縁があろう。ただ、私にはもうエディットしかいないということを、わかってくれ」

「陛下のお気持ち、いたく感じ入りました――出過ぎたことを致しました。お許しください」

サザール宰相は深く頭を下げた。

「うむ。もう側室の件はこれで終わりにする」

「は――失礼します」

ふと、マルスランが呼び止める。

「サザール宰相――あなたは父の代から仕えてくれた大事な臣下だ。あなたと言い争いたくはない。それはわかって欲しい」

「――御意」

サザール宰相は頭を下げたまま、後退りで執務室を出た。

背後で扉が閉まった途端、サザール宰相はさっと顔を上げる。目が怒りで血走っていた。

彼は憎々しげに舌打ちした。

「ちっ、若造が。色恋に溺れおって。よくも私の面子《めんつ》を潰してくれたな。今に見ているがいい」


秋口。

王家主催の舞踏会の席で、エディットとマルスランは引きもきらぬ賓客たちの挨拶を受けていた。今やエディットは、すっかり王妃としての風格を身につけていた。

ふと、エディットは会場の隅にぽつんと佇《たたず》んでいるテレーズの姿を見つけた。

マルスランとの側室の話が流れてから、彼女はめったに城の催しに姿を現さなくなった。

風の噂では、気塞ぎでずっと屋敷に閉じこもっていると聞いていた。エディットはずっと、彼女のことが気がかりだったのだ。

　派手な美貌は相変わらずで、独身紳士たちがしきりにダンスに誘っているようだがテレーズは気乗りのしない顔で断り続けている。心なしか痩《や》せたようだ。

「少し、席を外しますね」

　エディットはマルスランと周囲の人々に断ってから、ゆっくりとテレーズの方に近づいていった。テレーズはエディットの姿を見ると、慌てて背中を向けて去ろうとした。

「あ、待って、テレーズさん」

　エディットが慌てて声を掛ける。王妃に呼び止められ、さすがにテレーズは足を止めた。振り返り、深々と一礼する。

「王妃様におかれましては、ご機嫌麗しく――」

「お元気でしたか？　ずっとお顔を拝見していなくて、陛下も私も心配していましたよ」

　テレーズはわずかに顔を上げ、小声で答える。

「陛下が、私などをお気になさることなどございませんでしょう」

　悄然《しょうぜん》とした声色に、エディットは胸を突かれた。

（テレーズさんは、マルスラン様のことを本気で慕っておられたのね……）

　彼女の気持ちは痛いほどわかった。

「テレーズさん、あなたはとてもお美くして、まだまだ未来があるわ。どうか、前を向いて新しい幸せを摑んでくださいな」

気持ちのこもったエディットの言葉に、テレーズは心打たれたような表情になる。

「もったいないお言葉です――」

エディットは少し迷ったが、思い切って言ってみる。

「あのね、テレーズさん。一曲陛下と踊られません？」

「えっ⁉」

エディットはにっこりする。

「ほら、先ほどからお誘いする紳士方を全員振ってしまわれていたでしょう？　でも、陛下ならどうかしら？　あの人、めったにダンスは披露しないのですけれど、実はとても上手なのよ」

テレーズの頰がぽっと染まる。

「確かに、陛下が王妃様以外の方とダンスされているのを見たことはありませんが……。よ、よろしいのですか？　そんな夢みたいな――」

「もちろんよ。私から頼んであげるわ」

エディットはマルスランの方に扇を振って、合図した。

マルスランがすぐにこちらにやってきた。

「どうした？　エディット」

「あのね、テレーズさんと一曲踊って差し上げてくださいな」

「え？」

マルスランはちらりとテレーズを見遣った。テレーズは顔を真っ赤にして恥じらってい
る。エディットが目線でお願い、と訴える。マルスランがわかった、とうなずく。

マルスランは優雅な仕草で一礼し、右手を差し出す。

「テレーズ嬢、私と一曲踊ってくださいますか？」

テレーズは震える手を差し出した。

「は、はい。喜んで」

マルスランはテレーズの手を取り、滑るようにフロアに出て行く。

テレーズが通りすがりに、そっとエディットにささやいた。

「王妃様、ありがとうございます。一生の思い出です」

エディットはほっと息を吐いた。

マルスランのスマートなリードのもと、テレーズはこの上なく幸せそうに踊っている。

エディットはにこやかに見守りながら、未来のあるテレーズが羨《うらや》ましい、と少しだけ胸
が痛かった。

だが、父王でさえ諦めて受け入れざるをえなかった死の呪いにそれでも抗《あらが》って、エディ

ットの呪いを解くと言ってくれたのはマルスランだけだった。

生きることを諦めないという強い気持ちを持てたのは、マルスランの愛の力のおかげだ。

マルスランがいる限り、自分の命を決して諦めない——最期まで。

第五章　迫り来る危機

エディットがカルタニア王国に嫁いで、一年余りが過ぎようとしていた。

以前、マルスランと視察した、水害で崩落した国境沿いの大橋が、ようやく再建された。マルスランとエディットは、その橋の開通式典に参加することになった。この大橋は、中央大陸との交易に重要な役割を果たしていて、国内の商人たちからも復旧が待たれていたのだ。

その日、二人は式典に参加するための打ち合わせを、執務室で行っていた。

そこへ、慌《あわ》ただしいノックと共に、男の性急な声が聞こえてきた。

「陛下、国境より緊急伝令！　緊急でございます！」

「入れ」

マルスランが素早く応《こた》えると、伝令の男が転がるように部屋に飛び込んできた。馬を飛ばして駆けつけたのか、息を切らし泥まみれである。

「陛下、北の国境の川沿いにて、完成したばかりの大橋が、突如、ダーレン王国軍によって占拠されました！」

「なんだと⁉」

マルスランが思わず椅子から立ち上がる。エディットも顔色を変えた。たった今、その大橋の開通式典について話していたところだというのに。

「彼らは、増水で川の位置が変わり、大橋はダーレン王国領内のものであると主張して譲りません」

「とんでもない言いがかりだな」

マルスランは腕組みして難しい顔になる。

「前々から、ダーレン王国の動向に警戒はしていたが。これはダーレン国に強く抗議しよう――サザール宰相を呼んでくれ」

「承知」

伝令が退出する。成り行きを見ていたエディットは、不安に心臓がバクバクしてきた。

「マルスラン様、国境沿いの街は大丈夫でしょうか？」

マルスランは安心させるように微笑んだ。

「きっとなにかの行き違いがあったのだろう。問題が解決するまで式典は延期するしかないな。すまぬな」

「いいえ、私は構わないのです」

「サザール宰相が参りました」

　扉がノックされ、侍従が外から声を掛けた。

「入れ」

　サザール宰相がせかせかした足取りで入ってきた。

「陛下、ダーレン王国軍が越境してきたそうですな」

「そうだ。直《ただ》ちに私から正式な抗議の文書を送らせる」

　サザール宰相がなにか意味ありげな目つきになる。

「当然ですな——だが、相手は老獪《ろうかい》なダーレン国王、抗議を無視する可能性もありますぞ。そのときにはどうなさいます？」

　マルスランは即答した。

「そのときには、私が自ら軍隊を率いて国境の大橋に赴き、直談判する」

　サザール宰相は我が意を得たりとばかりにうなずく。

「陛下のご威光ならば、ダーレン王国も従いましょう。では早速抗議文書を作成して、ダーレン王国に送ります」

「うん、頼むぞ」

「承知」

　サザール宰相が退出すると、エディットはマルスランに取り縋《すが》った。

「マルスラン様っ、せ、戦争になるのですか？」

マルスランはエディットの頭をあやすように撫《な》でた。

「大丈夫。そんなことにはならない」

「……でも」

「心配しなくていい」

マルスランが自信ありげに言うので、ひとまずエディットは胸を撫で下ろした。

だが、ダーレン王国はマルスランからの正式な抗議文書を完全に無視し、大橋から軍を撤退させなかったのである。

マルスランは王家直属の騎馬兵団を率いて、国境の大橋への出兵を決断する。

マルスランが即位してから、出兵するのはこれが初めてのことだった。

出兵する前の日。

エディットは粛々とマルスランの支度を手伝った。彼の出兵が、ダーレン王国との交渉や大橋の奪還に必要だということは頭では理解していたからだ。

明日は早朝から出立するというので、二人は早めに就寝することにした。けれど、ベッドでマルスランに寄り添ったエディットは、とても眠ることなどできなかった。

もし戦闘が起こってしまったら。

万が一マルスランの身になにかあったら。

彼を失うことを想像しただけで、悲痛で胸が張り裂けそうになった。

これまでずっと、自分の死だけに囚《とら》われてきた。

だが、愛する人が死ぬかもしれないという恐怖と絶望は、自分が死ぬよりもずっと深かった。誰かを愛することで、こんな感情を知ることになるなんて思いもしなかった。

「……死なないで……」

口の中で思わず本音をつぶやいてしまう。

「──あなたを残して死にはしない」

マルスランが答えたので、エディットはハッとする。顔を上げると、寝ているものとばかり思っていた彼が目を開けて天蓋《てんがい》を見つめていた。

「起きてらしたの……ごめんなさい。出発を前に不吉なことをつぶやいて……」

マルスランが身じろぎして、エディットを抱きしめた。

「いや。さすがに私も目が冴えてしまってね」

彼はエディットの髪に優しく口づけした。

「待っていてくれ。すぐ問題を解決し、あなたのもとへ戻ってくるからね」

「はい……」

感極まって涙が溢《あふ》れそうになるのを、必死で堪《こら》える。

「信じています。必ず帰ってきてください」

「約束する──愛《いと》しい人」

「マルスラン様──愛しています」

二人は固く抱き合ったまま、とろとろと浅い眠りに落ちていった。

翌朝──。

エディットが目覚めたときには、すでにマルスランは出立した後であった。エディットに別離の悲しみを味わわせないようにとの、マルスランの配慮であった。

エディットは窓から北方を眺め、胸の前で両手を組んで一心にマルスランのために祈った。

(どうか、マルスラン様が道中ご無事で、早く戻られますように)

夕方には、城にマルスランからの伝書鳩の伝令が届いた。

マルスラン率いる騎兵隊は、無事国境の大橋付近に辿り着いたという。

ダーレン王国との交渉がうまくいけば、戦闘は避けられる。マルスランの手腕なら、きっと大丈夫だろう。少しだけほっとした。

だが、その日の深夜のことである。

寝る準備をしていたエディットのもとに、顔色を変えたマチルドがやってきた。彼女は声を潜《ひそ》めて告げる。

「王妃様、今すぐお会いしたいという方が来ております」

「今すぐ？　誰かしら？　こんな夜更けに――」

「それが――テレーズ嬢が」

「えっ？　すぐにお通しして」

すぐにマチルドに伴われ、ケープを目深に被った人目を憚《はばか》る姿でテレーズが現れた。顔色が真っ青だ。

「王妃様、た、大変ですっ」

「どうなさったの？」

テレーズはへなへなとその場に崩れた。

「ち、父が。ダーレン王国と密かに手を組んで――」

エディットは衝撃を受けた。

「なんですって？　サザール宰相が⁉」

「屋敷で、ダーレン王国の密偵と父が話しているのを、私、立ち聞きしてしまい――」

テレーズは嗚咽《おえつ》交じりに告げる。

「父は陛下が出兵なさるのを見越して、ダーレン王国軍に大橋とは別のルートから川を渡って、陛下の軍を挟み撃ちで攻撃するように、指示を出しておりました。私、一刻も早く王妃様にお知らせせねばと、父の目を盗んで屋敷を抜け出して参りました」

「挟み撃ち⁉　なぜそんな裏切りを⁉　あの人はこの国の宰相でしょう？」

テレーズはわっと泣き伏した。

「父はずっと、前王朝の復興を口にしていました。私の家系は、前王朝の末裔《まつえい》なのです。どうか、王妃様、陛下を助けてください！」

聞いていたマチルドも動揺を隠せない。

「王妃様、今すぐ陛下に早馬で伝令を――」

エディットは首を横に振る。

「いいえ、宰相が裏切り者とわかった今、城内の他の者は信用できないわ」

「し、しかし、このままでは、陛下のお命が危のうございます」

エディットは羽織っていたガウンをパッと脱ぎ捨てた。

「マチルド、急いで乗馬服に着替えさせてちょうだい！　オリオールから同伴してきた信用できる侍女を厩舎《きゅうしゃ》に行かせて、馬係に私の馬に鞍《くら》とハミをつけさせるよう命じて！　私が行きます！」

マチルドは目を剝《む》いて声を裏返らせる。

「王妃様が自らなど、とんでもない！　どんな危険が――」

「大丈夫、以前視察に行ったこともあるし、道はわかっているわ。それに、私はまだ寿命が残っている。だから今は絶対に死なないわ。安心して！」

力強くにっこりと笑う。その突き抜けた笑顔があまりに神々《こうごう》しく、マチルドもテレーズも圧倒されて声を失う。

「王妃様――」

「どうせ残り少ない命だもの。マルスラン様の危機を救うためなら、惜しくないわ！」

マチルドは腹を括《くく》ったようにうなずいた。

「すぐに支度します」

テレーズが涙を拭《ぬぐ》い、立ち上がる。

「王妃様、私も、微力ながらお手伝いさせてください」

エディットは、最速で婦人用の乗馬服に着替え、マチルドに手を取られ、王家専用の通路から厩舎に抜けた。その後に、テレーズが付き従った。

馬係が馬具を装備した馬の手綱《たづな》を握って、待ち構えていた。

「王妃様、言われた通りにしましたが、こんな夜中に遠乗りですか？」

エディットは馬係の手を借りて、愛馬の背に乗った。

「ちょっと眠れなくて、少しお散歩してくるだけよ。マチルド、テレーズさんを私のお部屋で保護してあげて。お願いね！」

そう言い放つと、エディットは軽く馬の横腹を蹴った。

馬が走り出す。

背後からテレーズが涙声で叫んだ。

「王妃様、これまでの私の無礼をお許しください！　王妃様に神のご加護がありますよう！」

エディットは城の奥庭を抜け、裏の北門に向かう。門前に松明《たいまつ》を燃やして警備にあたっていた当番兵たちが、駆け足で走ってくる馬の姿に、驚いたように槍《やり》を構える。

「誰か⁉」

エディットはさらに馬を加速させた。

「王妃です！　ちょっと散歩に行きます！　道を空《あ》けなさい！」

「王妃様⁉」

当番兵たちは凛《りん》としたエディットの声に、思わず左右に道を空けてしまう。その中央を、エディットは駆け抜けた。

城外に出ると、夜空の星の位置を確かめ、北の国境を目指した。

「速く、急いで、速く！」

必死で馬を駆ける。こんなスピードで馬を走らせたことがないので、振り落とされそうなのと激しい上下の振動で、胃がひっくり返りそうだ。だが、なぜか気持ちは昂《たかぶ》り身体中に活力が漲《みなぎ》るような気がしていた。

ひと気のない深夜の街道も、少しも怖くない。

マルスランのため。

愛する人を守るため。

命など惜しくない。

彼のもとへ。

もっと速く、もっと速く。

（ああ、私、生きている。今、ほんとうに命が燃えている気がするわ）

エディットは前だけを見て、馬を駆っていた。

夜が白々と明け始めた。

ひと晩中疾走した愛馬は、力を使い果たし息も絶え絶えになってしまった。もう走ることができず、とぼとぼと覚束《おぼつか》なく歩くのみだ。

エディットも疲労困憊し、意識が朦朧《もうろう》としていた。馬の背に乗っているのが精いっぱいだった。震《ふる》える手で馬のたてがみにしがみつき、消え入りそうな声で馬を励ます。

「ああ……急いで……お願いよ……お願い……」

強烈な睡魔に襲われ、がくっと頭が落ちそうになる。

と、街道の向こうから進軍ラッパの音と共に多くの騎馬の蹄《ひづめ》の音が聞こえてきた。エディットは必死で顔を上げようとする。目は霞《かす》んで、前方から押し寄せる軍勢がはっきりと見えない。だが、首都に向かって進撃してくるということは、おそらく敵軍だろう。

「ああ、間に合わなかったのだわ……ダーレン王国軍が侵略してきたんだ……！　マルスラン様はおそらく敵に捕らわれてしまったんだわ……」

エディットは緊張の糸がぷっつりと切れてしまった。

目を伏せ、馬のたてがみに顔を埋め敵軍が近づくのを待った。もはや覚悟を決めていた。

ふいに、凛と澄んだ声が響いてきた。

「エディット！」

エディットはどきりとして顔を上げる。

黒馬に跨《またが》った人物が、ものすごい勢いでこちらに向かって駆けてきた。

彼は直前で馬を飛び降り、全速力で走ってくる。男の赤い髪がたてがみのように後ろになびく。

「あ、あ？」

エディットは思わず馬から降りようとして、そのまま地面に落下してしまった。全身に痛みが走ったが、よろよろと立ち上がり、一歩一歩、男へ向かっていく。

「エディット、私のエディット！」

懐かしい声と共に、力強い腕の中に抱き留められた。広い胸に顔を埋め、力強い鼓動を聞くと、エディットの目にどっと涙が溢れてきた。

「マルスラン様！」

「エディット！」

二人は道の真ん中で出会い、ひっしと抱き合う。

マルスランはそっと両手でエディットの顔を包み込み、涙と埃《ほこり》でどろどろになった頬を優しく撫でた。

「どうして、あなたがここに!? 私は夢でも見ているのか!?」

「マルスラン様……私、サザール宰相がダーレン王国と密かに手を結び、マルスラン様を陥《おとしい》れようと企《たくら》んでいることを知って……なんとしても、あなたに伝えねばと――」

「サザール宰相が――」

「はい、マルスラン様を挟み撃ちして捕らえようという陰謀をテレーズさんから聞いて、私もう居ても立ってもいられなくて――夢中で馬を飛ばしてきたの」

「そうだったのか――なんと無茶で勇気のある行動をするのだろうね、あなたは」

マルスランは感に堪《た》えないといった声を出し、再びエディットを抱きしめた。

「ありがとう、そんなにまで私のことを想ってくれて、ほんとうにありがとう！」

「ああマルスラン様――」

エディットはマルスランが無事だったことで、安堵《あんど》のあまり全身の力が抜けそうだった。

だが、ハッと気を取り直す。マルスランがあまりに落ち着いているのが不可解だった。

「マルスラン様、ダーレン王国軍はどうなったのです？ 侵攻してきたのではないのですか!?」

マルスランはエディットの背中を宥《なだ》めるように撫で摩《さす》った。

「慌てないで。そら、後ろをごらん」

マルスランが追いついてきた自軍の隊列の最後尾を指差した。

「あっ――」

そこには囚われた大勢のダーレン王国軍兵士が縄で括られて、付き従っていた。

「ダーレン王国軍兵士は、武装解除させほとんど捕虜にした」

「どうして――？」

マルスランは穏やかに笑う。

「私は元から、サザール宰相がダーレン国と手を組んで裏切ることは察知していた。そのうち、なにか仕掛けてくるだろうとは予想していた。彼がしきりに私に出兵を促すので、ピンときたんだ。おそらく私が率いる軍隊を、橋の真ん中で騙《だま》し討ちで捕らえようとするだろうとね。だから、あらかじめ自軍を二手に分けた。大橋から侵攻する隊と、川を渡り背後から攻める隊とで、同時に動いたんだ。私は大橋から、じりじり後退してこちらの領土にダーレン王国軍を誘い込んだ。ダーレン王国軍は、私の軍隊を挟み撃ちにしたと思い込んでいたが、逆に彼らこそが挟まれてしまっていたんだ。敵が越境してこちらの領土に入ってしまったら、あきらかに地の利がある我が軍の方が有利だからね」

マルスランは、なにもかも承知で出兵していったのだ。

「ああ……そうですよね。マルスラン様がなんの策もなく動くことなど、ありえませんでした」

エディットは今度こそ力が抜けてしまう。

「私ったら……必死になって馬を飛ばしたりして……馬鹿ね」

マルスランはへたり込みそうになったエディットを、さっと横抱きにした。

「馬鹿なものか。見なさい、自国の兵士たちを」

「え？」

振り返ると、カルタニア軍の兵士たちは全員下馬し、跪《ひざまず》いてこちらに向かって恭《うやうや》しく頭を下げていた。最前列にいた隊長らしき年長の男が、感服したような声で言う。

「王妃殿下。御自ら馬に乗り、我々の危機を知らせに駆けつけてくださるとは、なんと勇気に満ちたお方でしょう。我々一同、感激の極みでございます。王妃殿下に心よりの忠誠を誓います！」

他の兵士たちも口々に叫んだ。

「王妃殿下に忠誠を！」

「王妃殿下にこの命、捧げます！」

兵士たちの熱い言葉が、エディットの胸を震わせる。

「あ、あぁ……みなさん……私……」

マルスランが胸を張って朗々とした声で告げる。

「我が王妃は、いささか怖いもの知らずではあるが、どんな苦境にも負けない強い心の持ち主だ。彼女は私の誇りであり、ただ一人の愛しい妻である！」

兵士たちは感極まり、いっせいに立ち上がった。

そして、すらりと剣を抜くと天に向かって突き上げ、雄叫びを上げた。

「カルタニア王国万歳！」

「国王陛下と王妃殿下に幸あれ！」

「万歳！」

「万歳！」

二人を怒涛のような歓声が包む。

マルスランとエディットは誇らしさに顔を染めて、見つめ合った。


その後。

エディットはマルスランの馬に同乗し、帰城した。

道すがら、マルスランは今回のことの成り行きを詳しく話してくれた。

「ダーレン王国には、捕虜を全員無事に引き渡すことで停戦を承諾させた。後日、今回の侵攻についての責任は、じっくりダーレン国王に問うつもりだ」

「非は全面的にダーレン王国にあるのですから、今後永久にこのような謀略《ぼうりゃく》を行わないよう、きつい条件を出してくださいね」

エディットは唇を尖《とが》らせて言った。

マルスランが苦笑する。

「あなたは、案外思い切りがいいね。無論そうするつもりだ」

「あと、サザール宰相の処分ですけれど……」

「彼にはすでに、屋敷に早馬の伝令を送って、謹慎を命じてある。いずれ、職を解いて反逆罪で裁判にかけることになるだろう」

「テレーズさんが……お気の毒……」

エディットはうなだれた。マルスランが元気づけるように言う。

「だが、テレーズ嬢が父を裏切り、あなたのもとへ注進に駆けつけた行為は感嘆に値する。彼女には私ができる限りの、保護と援助を与えることを約束するよ」

「心からお願いします」

エディットはマルスランの寛大な言葉に、少し気持ちが明るくなった。

夕方には、一行は首都に入った。

沿道には、今回のダーレン王国軍の侵攻を食い止めたマルスランの偉業を讃える人々で埋め尽くされ、大歓声で迎えられた。

マルスランとエディットは顔を輝かせ、人々の歓喜の声に包まれていた。

歓声に紛れて、マルスランが、鞍前に乗っているエディットの耳元で少し怖い声でささやいた。

「それにしても、あなたは怖いもの知らずだ。あなたが気球に一人で乗ると言い出したときから、突拍子《とっぴょうし》もないことを平気で行う人だとわかっていたはずなのに。まさか、自分で伝令に馬を駆ってくるとは――ほんとうのところ、あなたが馬に乗って現れたとき、私は心臓が止まるかと思ったぞ」

「ご、ごめんなさい……あのときは必死で……」

エディットも、今更ながら自分の無鉄砲な行動に、全身から冷や汗が流れる気がした。しょんぼりしてうなだれると、マルスランがくすっと笑い、額に口づけた。

「ふふ、そういうところがとても可愛いのだがね。まあ今回は、何事もなかったから許すとするか」

「まあっ、怒ったふりをしたのね？　ひどいわ」

エディットはぷっと頬を膨らませた。

「すまないすまない、機嫌を直してくれ」

マルスランがますますくすくす笑い、ちゅっちゅっちゅっと何回もエディットの唇に軽い口づけを繰り返した。

「んもうっ、キスで誤魔化して」

苦笑しながら、エディットも口づけを返した。

仲睦《なかむつ》まじい国王夫妻の姿に、誰もが笑顔になった。

第六章　咲き誇る愛の赤い花

だが、城門までの道を上りかけたときである。坂道の上から城内の者たちが多数慌《あわ》てふためいて駆け下りてくるのに出くわした。

「何事だ⁉」

マルスランが先頭の侍従の一人に声を掛ける。その侍従は、マルスランの馬の前に倒れ込んだ。

「へ、陛下、たった今、城内で火が上がりました。一階の厨房に、何者かが油を撒《ま》いて火を放ったようです！」

「なんだと？」

「ええっ⁉」

マルスランとエディットは同時に声を上げた。

マルスランが口の中で吐き捨てるようにつぶやく。

「くそ、城内に潜《ひそ》んでいたダーレンの間諜《かんちょう》はすべて捕縛させたはずだったが。逃げ延びた者がいたか！　謀略失敗を悟り、火を放って逃げたな！」

「エディット、しっかり摑まれ！」

「は、はいっ」

マルスランはとっさに馬の横腹を蹴って駆け出した。同時に、背後の騎馬兵に指示を飛ばす。

「全員ついてこい！　城が火事だ！　消火と救出にあたる！」

マルスランは両手でエディットを守るように抱え込み、あっという間に城門前まで駆け上がった。

城の尖塔《せんとう》の一部がぱちぱちと炎を上げていた。

悲鳴を上げながら、城内から兵卒や侍従や侍女たちが飛び出してくる。

マルスランはひらりと馬を降りると、素早くエディットを抱き下ろした。

「被害状況は？　怪我人はいるのか？」

マルスランが凛《りん》とした声を出すと、顔が煤《すす》だらけの兵士の一人が駆け寄ってきた。

「陛下！　火が徐々に階上に燃え移っています。城内の者たちは、私どもで外へ誘導させました。多少の怪我と火傷を負った者がおります！」

「よし、よくやった。避難指示は私が引き継ぐ。まずは城内の者たち全員の救出だ。行くぞ！」

マルスランはうなずき、煙が噴き出してくる玄関ロビーへ走っていった。背後に騎馬兵士たちが続く。

エディットは、門前のあちこちでしゃがみ込んで避難している城内の者たちを見回した。

「みんな無事ですか？　私付きの侍女たちはおりますか？」

大勢の侍女たちが集まっている一角から、立ち上がるテレーズの姿が見えた。

「王妃様！　こちらです！」

「ああ、テレーズさん無事でよかった……！」

二人は駆け寄って抱き合う。

「全員無事に逃げられたのですね？」

エディットが確認しようとすると、テレーズが動揺を隠せない様子で告げる。

「そ、それが、マチルドさんが私たち全員を誘導して避難させてくれたのですが——気がついたら彼女の姿だけが見当たらなくて——」

「なんですって⁉」

エディットは真っ青になって城を振り返る。

ちょうど、怪我をした小姓を抱きかかえたマルスランが玄関階段を駆け降りてくるのが見えた。エディットはマルスランに飛びつくように縋《すが》った。

「マルスラン様、マチルドがまだ中に！　マチルドを助けてください！」

「マチルドが⁉　わかった、すぐに助けてくる！」

マルスランが即座に城内に飛び込んでいった。

「ああ……ああ、神様……！」

石造りの城は火の回りは遅いようだったが、じわじわと階上に燃え広がっていくようだ。

バルコニーに逃げて、必死で手を振っている数名の姿が見えた。

「なにかクッションになるようなものを！　マットレスとか大きな羽布団とか急いで持ってきて！　階上にいる人々に、そこに飛び降りるように告げるのです！」

エディットはその場にいる兵士や侍従たちに指示を飛ばした。

「御意！」

城内の延焼していない部屋から、ベッドから剝《は》がしたマットレスを担いできて兵士たちが、地面に敷き詰める。

エディットはバルコニーに逃げている人々に声を限りに叫んだ。

「さあ、思い切ってここに飛び降りるのです！　大丈夫、みんなが助けてくれます！」

王妃自らの声がけに、ためらっていた人々が、次々とマットレスめがけて飛び降りる。

待ち受けた兵士や侍従たちが、彼らを受け止めた。

「もういませんか？　逃げ遅れた人はいませんか⁉」

エディットは城の周りを巡りながら、声を掛ける。

「王妃様！　あそこを！」

エディットに付き従っていた侍女が、最上階のバルコニーを指差した。

そこには、ぐったりしたマチルドを抱きかかえたマルスランが立っていた。

「ああっ、マルスラン様！　みんな、急いでマットレスを運んで！　そこに陛下が！」

エディットの悲痛な声に、男たちが必死でマットレスを運んできた。バルコニーの真下にマットレスを敷き詰めた。

エディットは口に両手を当てて、マルスランに向かって叫んだ。

「マルスラン様、ここへ飛び降りてください！」

マルスランが力強い声で返してきた。

「わかった！　先にマチルドを落とす。煙に巻かれて気を失っているだけで、怪我はないぞ！」

「わかりました。みんな、構えてくださいね」

全員がうなずく。

マルスランはバルコニーの柵を乗り越え、慎重に眼下のマットレスの位置を確認する。少しでも外れたら、マチルドは地面に叩きつけられて命を失ってしまうかもしれない。

「落とすぞ！」

声を掛けると、マルスランは真下にマチルドを落とした。見事にマットレスの中央にマチルドが落下した。すかさず人々が彼女を抱えて、地面に下ろした。

「マチルド！」

エディットは駆け寄って気絶しているマチルドの手を握る。煤だらけのマチルドの頬がピクピクと震《ふる》え、かすかに目が開いた。

「──ああ──王妃、様？」

エディットはホッとした。

駆けつけた医師にマチルドを預け立ち上がると、頭の上に両手で丸を作りベランダに残っているマルスランに合図した。

「マチルドは無事です！　どうか、早く飛び降りてください！」

マルスランも安堵《あんど》したように笑みを浮かべた。

「よし！　脱出するぞ」

マルスランがバルコニーの手すりに手をかけた、その瞬間──。

窓ガラスが粉々に割れ、部屋の中から激しい爆風が噴き出したのだ。マルスランはバルコニーの隅に吹き飛ばされた。

「きゃああっ！　マルスラン様！」

エディットは悲鳴を上げた。

マルスランは衝撃でどこか打ったのか、身動きできずにしきりに頭を振っている。

部屋の中から火の手が迫ってくる。

「ああっ、だめっ、マルスラン様、逃げてぇ、早く逃げてください！」

エディットは半狂乱になって叫んだ。

周りの者たちも愕然《がくぜん》として、口々にマルスランに声を掛ける。

「陛下、お早く！」

「立ち上がってください、早く！」

マルスランがわずかに顔を上げ、無念な口調で叫び返した。

「足を捻《ひね》った。動けぬ」

エディットは全身から血の気が引いた。

「待って、私が今――！」

思わず、城内に飛び込もうとして、背後から侍従たちに引き留められた。

「なりません、王妃様！」

「離して、離して！　マルスラン様が、死んでしまう！」

エディットは泣き叫ぶ。

両手を必死でベランダへ差し伸べる。

「マルスラン様ぁーー！」

這《は》いずってきたマルスランが、ベランダの手すりの隙間から、こちらへ手を伸ばしてきた。

　頭上から、マルスランの力強い声が聞こえてきた。

「エディット、可愛《かわい》い私のエディット。この世で一番愛している」

「あ、あぁ、ああ……」

　目の前が真っ暗になった。

　なぜ、彼が死ぬのか？

　死ぬのは自分ではないか。

　自分の呪われた運命は覚悟していた。だが、それよりも残酷な運命が待っていようとは。

　エディットは全身全霊を込めて返した。

「愛しています、愛しています、マルスラン様、私の命よりずっと愛しています……」

　手すりの隙間から顔を覗かせたマルスランが、幸福そうに微笑んだように見えた。

　マルスランの衣服に火が燃え移ろうとしている。

　その場にいる者全員が絶望の悲鳴を上げた。

　直後。

　一天にわかにかき曇り、雷鳴が轟《とどろ》いた。

　かと思うと、ざあっと音を立てて激しい雨が降ってきたのだ。

「雨――!?」

エディットはずぶ濡れになり、呆然《ぼうぜん》と立ち尽くした。

奇跡が起きたのか。

あっという間に鎮火していく。

マルスランのバルコニーに迫っていた火も、みるみる消えていく。城のあちこちで、火の消えるしゅうしゅうという音と水蒸気の白い煙が上がった。

「火が消えた！　今だ！　陛下をお助けしろ！」

兵士たちがこぞって城内へ駆け込んでいった。

ほどなくして、兵士たちに抱きかかえられて、マルスランが姿を現した。衣服が少しだけ焦《こ》げて、右足を引きずっているが、命に別状はないようだ。

「ああ……マルスラン様！」

エディットは嬉し涙に咽《むせ》びながら、マルスランに駆け寄った。

マルスランが白い歯を見せた。彼は支えてくれていた兵士たちに目配せし、後ろに引かせた。彼は右足を庇《かば》いながら、エディットに歩み寄る。

「私の可愛いエディット」

彼の煤で汚れた大きな手が、そっとエディットの濡れた髪を撫《な》でた。その温かく優しい感触に、全身から熱い歓喜が湧き上がってきた。

「マルスラン様……生きていてよかった！　……愛してます」

エディットはゆっくりとマルスランに抱きつく。

「私もだ、愛している」

彼も両手で壊れものを扱《あつか》うようにそっと抱き返してくれた。

これほど、生きている喜びを感じたことはなかった。

「――ご無事でなによりです」

突然、背後から涼やかな青年の声が聞こえた。

マルスランとエディットは、ハッと顔を振り向けた。

そこに、銀色の長い髪をなびかせ、踵《かかと》までのガウンを羽織りトネリコの杖《つえ》を持った、端整な顔立ちの青年が立っていた。

マルスランが驚いたように声を上げた。

「カルロ！　あなたが雨を降らせてくれたのか⁉」

カルロが穏やかに微笑む。

「間に合いました。よかった」

ではこの青年が、マルスランからよく聞かされていた大魔法使いなのか。もっと年寄りで長い顎髭《あごひげ》でも生やしているイメージだったので、清廉な青年姿にエディットは目を奪われてしまった。

カルロはゆっくりと歩み寄ると、二人の前に恭しく跪《ひざまず》いた。

「魔法使いカルロ、ただいま、陛下に呼び戻されて参上しました」

「呼び戻した？」

怪訝《けげん》そうにたずねるマルスランに、カルロは顔を上げてにっこりした。

「そうです、この小鳥がきっかけでした」

カルロは、懐から一羽の黄色い鳥を取り出した。

エディットは思わず声を上げた。

「ああっ、プラーテ⁉」

「コンニチハ、カワイイエディット」

プラーテはちょこんとカルロの肩に止まった。

「気配遮断の結界を張って森を歩いていましたところ、この小鳥が突然、結界を破って私の懐に飛び込んできたのですよ。小鳥のおかげで、私はマルスラン様が真実の愛を知ったのだと、悟りました」

「え？」

驚いているマルスランに、カルロは指先でプラーテの嘴《くちばし》の根元を掻《か》いてやりながら、小声で促す。

「さあ、歌ってごらん」

するとプラーテは、オペラを歌い出した。

「カワイイハナヨ　ワスレナグサヨ　ワタシガオマエノヨウニチイサクカワイイハナナラバ　ズット　マルスランサマノオソバニ　イラレルデショウ」

「あ、その歌は……！」

エディットは顔に血が上るのを感じた。

「ソシテ　マルスランサマニツゲルノ　イツデモ　マルスランサマヲオモッテイルッテソシテ　ワタシヲズット　ワスレナイデネッテ」

マルスランも唖然《あぜん》として聞いている。

「プラーテ、もうやめて、恥ずかしいわ」

エディットは真っ赤に染まった顔を両手で覆った。

エディットはマルスランを想うオペラの替え歌を、毎日口ずさんでいた。教えてもいないのに、プラーテはいつの間にか覚えていたのだ。

カルロが涼やかに笑う。

「この歌を聴き、私は陛下が真実の愛に巡り会ったのだと、悟りました」

マルスランはゆっくりとカルロに歩み寄り、跪いて彼の手を握った。

「カルロ――よく帰ってきてくれた。あなたは私の危機を救ってくれた」

カルロは首を横に振る。

「いいえ。小鳥は結界を解く機会をくれましたが、最終的に私を呼び戻したのは、陛下ご自身のお力です」

「私の？」

「そうです。結界を解除した瞬間、あなた様の心よりの声が私に届きました『この世で一番愛している』と。私は陛下の真実の愛の声に呼ばれて、ここに参ったのですよ」

カルロはエディットに顔を向けた。そして敬虔な声で挨拶《あいさつ》した。

「初めてお目にかかります。王妃様。あなたが陛下のよい運命だったのですね」

エディットは顔から両手を外した。

「私が、よい運命……？」

カルロがうなずく。

「予感がありました。陛下もこの国をも変えていく、よい運命があなた様だったのです。それは、陛下が真実の愛に巡り会ったときに起こり得ることでした」

マルスランがカルロに真剣な声で言う。

「カルロ、エディットに掛けられた強い呪いが見えるか？」

カルロは目を少し細め、エディットの胸のあたりをじっと見た。

「はい。呪詛《じゅそ》を感じます。命を吸い取る憎愛の呪い、ですね」

マルスランはカルロの手をぎゅっと握り、真摯な眼差しでカルロを見つめた。

「どうか、エディットの呪いを解いてくれ！　あなたにしかできないことだ。頼む、私の命と引き換えでもいい。エディットを、呪われた運命から救って欲しい」

エディットは思わず口を挟んだ。

「いいえ！　マルスラン様のお命と引き換えになんか、できません！　それなら、私はこの呪いと共に、命を終えます！」

マルスランがキッと顔を振り向けた。

「だめだ！　あなたを死なせはしない。私の命を削った方がましだ」

エディットも言い返す。

「絶対、嫌です！　マルスラン様は、誰よりも大事なお方です」

カルロが優しい表情で、マルスランとエディットを交互に見遣《みや》った。そして、くすっと笑いを漏らす。

「ふふっ、仲のおよろしいことで」

マルスランが目元を赤く染め、カルロを責めるように言う。

「揶揄《からか》うな。私たちは本気なのだ」

「ええ、ええ、わかっております。陛下、お任せください」

カルロがゆっくりと立ち上がった。そしてエディットの前に立つと、杖を握り直し、目を閉じた。

「王妃様――あなたの呪いは、もう八割ほどは解けておりますよ」

「えっ？」

エディットは信じられない気持ちで長身のカルロを見上げた。

「陛下と王妃様の真実の愛が、逆恨みの愛の呪詛を浄化したのでしょう。私はそれに、少しだけ力をお貸しするだけです」

カルロが静かに呪文を唱える。

「スバロウ、ラバウ、モイ！」

彼がゆっくりと杖を振った。

刹那《せつな》、エディットの心臓のあたりに熱い焼け火箸《ひばし》でも押しつけられたような痛みが走った。

「つぅっ……」

思わず胸を押さえてその場にうずくまってしまう。

「エディット！」

マルスランがとっさに身を起こし、エディットを抱えた。

カルロがもう一度口の中で呪文を繰り返した。

じりじりと焼けるような痛みがしばらく続き、やがてすうっと消えていった。

「……ぁ……」

心臓がバクバクいっている。

マルスランが気遣わしげにささやく。

「気分が悪いか？　大丈夫か？」

エディットは安心させるように笑みを浮かべた。

「もう、大丈夫です」

全身から憑《つ》き物が落ちたような、清々しさに満たされていた。

カルロが目を開け、促した。

「どうぞ、お立ちください」

エディットはマルスランに支えられて、ゆっくりと立ち上がった。

「これで、すべての呪詛を浄化しました」

エディットはまだ信じられない気持ちだった。

「ほ、ほんとう、ですか？」

カルロが大きくうなずいた。

「ええ。王妃様は、本来の寿命を全《まっと》うされることでしょう」

「エディット！　見せてみろ！」

マルスランはやにわにエディットのドレスの胸元を寛げようとした。

「きゃっ、人前でなにをするんですかっ」

エディットが真っ赤になって身を捩《よじ》った。

とっさにカルロが呪文を唱えて杖を振る。

「パサラ、モイ！」

ふわりと金色の光のヴェールが二人を包んだ。

「これで、周囲からはお二人の姿が見えません」

ヴェールの外からカルロの声が聞こえてくると、マルスランは性急にエディットのドレスの襟《えり》ぐりを引き下ろしてしまう。真っ白い胸元が露《あらわ》になる。

「あ」

「あっ」

二人は同時に声を上げてしまった。

すべすべした肌理《きめ》の細かい肌には、染みひとつなかった。

あのおぞましく毒々しい赤い五枚の花びらの刻印は、跡形もなかった。

「ない……」

「消えている――」

呆然として顔を見合わせた。

ほんとうに呪いは消滅したのだ。

直後、二人は感極まってきつく抱き合う。

「エディット！」

「マルスラン様！」

マルスランはエディットの頭を掻き抱く、顔中に口づけの雨を降らせた。

「私のエディット、私だけのエディット。もう離さない、永遠に一緒だ」

エディットはポロポロと真珠のような涙をこぼしながら、声を震わせる。

「永遠にあなたのおそばに……」

「愛している、エディット」

「愛しています、マルスラン様」

いつしか二人はどちらからともなく唇を触れ合い、啄《ついば》むような口づけを繰り返した。そのうち、だんだんとそれは深いものに変わり、互いの舌を求め合う。

「ん、んう、ん、ふ……ぁ」

舌をきつく絡ませ、愛情を伝え合う口づけに耽溺《たんでき》した。夢中になって口づけていると、ふいに遠慮がちにカルロが声を掛けてくる。

「ええ、こほん、お二方。魔法のヴェールはとっくに消滅しております」

「ん？」

「あ」

二人はハッと我に返った。

気がつくと、二人の周りを、城内の者たちから騎馬兵士たちまでが幾重にも取り囲み、ニコニコと見守っていたのだ。

「きゃっ」

エディットは慌てて乱れたドレスを直した。

マルスランもバツが悪そうに身を離した。

カルロの肩に止まっていたプラーテが、元気な声で囀《さえず》った。

「カワイイエディット、ステキナマルスラン、カワイイエディット、ステキナマルスラン」

人々からどっと陽気な笑い声が起こる。

気がつくと、カルロが降らせた雨はすっかり上がっていて、雲の隙間から日差しが差し込んでいる。みるみる晴れていく空の彼方には、大きな虹が架かっていた。

それはまるで、マルスランとエディットの新たな未来を祝福するかのようだった。


その後、鎮火した城内を、マルスランは見て回った。

堅牢な造りの城は、内部はずいぶんと燃えてしまっていたが、全体的には大きな損傷はなかった。

そして、幸いにも大きな怪我をしたり命を落としたりした者は一人もいなかった。

マルスランは、城内が片付くまで、焼け出されてしまった城内の者たちを、首都の宿泊施設に分散させて仮住まいさせることにした。宿泊施設が不足した分は、事情を知った首都の人々が、我も我もと焼け出された人たちの受け入れを申し出てくれたおかげで、全員が無事仮住まいを得ることができたのである。

マルスランとエディットは、身の回りの世話をする侍従や侍女たちと共に、首都郊外にある王家の別荘でしばらく暮らすことになった。マルスランはその別荘から、毎日登城した。

カルロは当面ここに留《とど》まり、この国の復興に力を貸してくれることになった。

エディットの呪いが解かれたことを知ったオリオール国王は、たいそう喜びマルスランに心から感謝した。そして、より一層の援助をすると約束したのである。

半年ほどで、城はすっかり改装された。

快晴のその日、国王夫妻は王城に帰還した。

「ああやっぱり、お城に戻ると落ち着きますね」

エディットは新しい内装になった国王夫妻の部屋に入ると、窓を思い切り開けて風を入れた。

「マルスラン様、いい風ですよ」

エディットは後から入ってきたマルスランを振り返り、手招きした。

「ほんとうだ、もう春の気配がするね」

エディットの背後から顔を出し、マルスランは深呼吸した。

それから彼は、そっとエディットの腰を抱えて引き寄せる。愛《いと》おしげに耳元に口づけし、甘くささやいた。

「なにか、欲しいものはないか？　なんでも贈ろう」

「え？　急になんですか？」

怪訝そうに顔を振り向けると、マルスランが苦笑した。

「やっぱり忘れているな。来月は、あなたの二十歳の誕生日ではないか」

「あっ……そうでした」

ダーレン王国との折衝《せっしょう》や国の復興、城の改修等々――国王夫妻がやらねばならない公務は、山積みだった。

忙しくしているうちに、月日が経つことも忘れていたのだ。

「二十歳……なんだか、怖い」

「どうして？」

「呪いが解けたのは理解しています。でも、いざその日が来るとなると、ほんとうにその先まで生きていけるのか、わからなくて……怖いの」

マルスランがエディットの髪に顔を埋め、小声でつぶやく。

「万が一、あなたになにかあったら、私も生きていけない」

エディットは心臓がきゅんと甘くときめいたが、あえて憤然《ふんぜん》としてみせる。

「まあっ、一国の王がなにを気弱なことをおっしゃいますか！」

「だが本音だ。あなたを失った自分を想像できないんだ」

真摯な言葉に、エディットはますます心臓がドキドキしてしまう。

「もうっ、こんな有様では、死ぬに死ねませんね。こうなったら、私はなにがなんでも、長生きしますわ」

おどけて胸を張ると、マルスランが顔を綻《ほころ》ばせた。

「そうしてくれ、私よりずっと長生きしてくれ」

「だめだめ、競争です。どちらがより長生きするか」

「ふふ、うん、そうだな」

エディットはふいに表情を改め、しみじみと言う。

「私、この国に嫁いできてほんとうによかったです」

マルスランも同じように感慨《かんがい》深い声で返す。

「そうだな。はじめは打算ありきの結婚だったかもしれない。だが、私はあなたに出会い、真実の愛に気づくことができた。今ではその運命に心から感謝している」

「私もです。ただ憧れて結婚生活を夢見ていただけでした。でもあなたに出会って、あなたを愛し愛され、呪いを解くことができました。一歩踏み出す決断をして、ほんとうによかった」

エディットはふいに恥ずかしそうな小声になる。

「あのね、マルスラン様、もし、もっと望んでいいのなら、私……」

「うん？　なんでも欲しいものを言っていいんだよ」

エディットは薄い耳朶《じだ》をほんのり染める。

「あなたとの子どもが、欲しい……」

マルスランが、ハッとしたように息を呑《の》む。

エディットは、はにかみながら続ける。

「これまで、自分の未来なんて考えてもこなかったの。でも、今はマルスラン様と一緒に、そしてあなたの子どもたちと共に生きる未来が心から欲しい」

マルスランは背後からぎゅっと抱き竦《すく》めてきた。

「もちろんだ。たくさん子どもを作ろう。そして、子どもたちの行く末を見守るためにも、二人でうんと長生きするんだ」

「はい……」

エディットは小さくため息をつき、マルスランの広い胸に身体を預けた。

マルスランが大きな両手でエディットの顔を包み込み、仰向《あおむ》かせた。

エディットはそっと目を閉じる。

唇が重なる。

「ん、んん……」

触れ合った部分がかあっと熱を持ち、撫でるような口づけはすぐに深いものに変わる。

ぬるぬると舌が擦れ合う淫らな刺激に、息が乱れ体温が上がっていく。

「……は、はぁ、ふぁ……ん」

舌を搦《から》め捕《と》りながら、マルスランが後ろから掬《すく》うようにエディットの胸を持ち上げて揉《も》み込んできた。

「あ、ん、だめ……」

布越しに乳首を探り当てられ、ツンとした刺激が下腹部に走り、エディットは慌てて唇を引き剝がし、身を引こうとした。

「逃げるな」

マルスランがぎゅっと乳房を摑んで、引き戻す。

「だ、だって……」

「子どもが欲しいのだろう?」

「そ、そうですけれど……」

「では、作ることに専念しよう」

言いながら、マルスランはきゅっと乳首を摘《つま》み上げる。

「あ、んっ」

鋭い快感が走り、思わずはしたない声を漏らしてしまう。

「も、だめ、午後からお城の改修完成のお祝いが——っ……ぁ、あ」

「時間はある。嫌と言いながら、感じているんだろう？」

マルスランが意地悪く指先を小刻みに揺らし、乳首をいたぶってくる。じんじん先端が疼《うず》いて、媚肉《びにく》がきゅうんと甘く痺《しび》れてくる。

「い、意地悪……ぁ、んぁ、あ」

乳首を刺激しながら、マルスランはエディットの耳裏にねっとりと舌を這わせてきた。

「あん、やぁ、耳、嫌ぁ……」

耳朶の後ろは、エディットが感じやすい弱い箇所で、そこを刺激されるとぞわぞわと総毛立ってしまう。

鋭敏な部分を同時に攻められて、エディットの腰がもじもじと揺れてしまう。

「ふふ、ちょっと触れただけで、もう身体が熱くなっている」

マルスランはほくそ笑み、片手で乳首を弄《もてあそ》びながら、もう片方の手でエディットのスカートをたくし上げ、剝《む》き出しになった臀部に自分の下腹部を押しつけてきた。

「あっ……」

柔《やわ》らかな尻肉に当たる、トラウザーズ越しにもわかるマルスランの昂《たかぶ》っている欲望の硬さに、びくりと腰が跳ねる。

「私の熱も感じるかい？」

マルスランがいやらしい腰つきで、下腹部を擦りつけてくる。

「んぁ、や、やめて、そんな、はしたない……こと」

「口ではそう言っているけれど、ここはどうかな？」

マルスランが太腿を撫で上げ、下穿《したば》きの端から指を潜《もぐ》り込ませてきた。

指先が和毛《にこげ》を撫で、割れ目に触れてくると擽《くすぐ》ったい刺激にじわっと、花びらが濡れるのがわかった。

「あっ、んんっ」

「ほらもう、ぬるぬるだ」

マルスランが陰唇をぬるぬると上下に撫でる。くちゅりと卑猥《ひわい》な音を立てて、蜜口《みつくち》が暴《あば》かれ、そこに滞っていた愛液がとろりと溢《あふ》れてしまう。

濡れたマルスランの指が、鋭敏な花芽《かが》をぬるりと転がすと、痺れるような快感が走り抜けた。びくんと腰が大きく跳ねる。

「んんっ、は、あんんっ」

触れるか触れないかの力で官能の塊《かたまり》の秘玉《ひぎょく》を撫で回され、次々襲ってくる鋭い喜悦に、エディットは甘い鼻声を漏らしてしまった。新たな愛蜜が膣奥から溢れてきて、力の抜けた両足が淫らな行為を誘うように開いてしまう。

「もう欲しそうだね」

マルスランは二本の指を揃えて、ぐぐっと媚肉の狭間に押し入れてきた。

「は、やあっ……」

飢《う》えた膣襞がぎゅっとマルスランの指を締めつけてしまう。

「中も、もうとろとろになっている」

マルスランは指を引き抜くと、エディットの下穿きを膝下まで引き下ろした。

「窓枠に手をついて、お尻をこちらに向けて」

欲望を孕《はら》んだ声で言われると、官能の火が着いてしまった身体は拒むことができない。

言われた通りにすると、さらに淫らな要求をされる。

「自分で恥ずかしい部分を開いて、おねだりしてごらん」

「あ、あ、やあ、ひどいわ……そんな……」

さすがに、明るい日中の情事は恥ずかしさが先に立つ。

「素直になって。あなたの乱れる様が見たいんだ」

低く色っぽい声で促されると、ずきずき痛みが走るほど子宮の奥が疼いた。

られてしまう。

片手を後ろに回し、指で蜜口を思い切り開いた。マルスランからは、淫蜜の糸を垂らしてわななく媚肉が丸見えだろう。卑猥な姿を見られていると思うだけで、興奮がさらに煽《あお》られてしまう。

「……ん、ぁ、あ」

きゅうんと奥が締まり、マルスランの視線だけで軽く達してしまいそうになった。

「お、願い……マルスラン様、もう……欲しい」

細い首を巡らせて、潤んだ瞳で彼に訴える。

「いいね、その誘い方、とてもそそる。おねだりもすっかり上手になって」

マルスランが満足げな笑みを浮かべ、ゆっくりと近づいてくる。歩きながら、彼はトラウザーズを寛げ、そそり勃つ欲望を引きずり出した。

「あ、あぁ……」

傘の張った先端から先走りの雫をたたえた、雄々しい脈動を目にすると、エディットの内壁が待ち切れなくてせわしなく収縮を繰り返す。思わず白い尻を求めるように振りたくってしまう。

「お願い、早く……」

「堪《こら》え性のない子だ」

マルスランはわざと意地悪な言葉を使い、両手でエディットの尻肉を摑み、媚肉をさらに開かせる。ひくつく花弁《かべん》の中心に、灼熱の欲望の先端が押しつけられた。

ぬくりと雁首《かりくび》が狭い入り口をくぐり抜け、濡れ果てた膣腔を押し広げるように侵入してくる。

「ひぁ、あ、あぁぁ、あぁあ」

熱く太いもので満たされる悦《よろこ》びに、全身が甘く痺れていく。剛直が最奥《さいおう》まで届くと、あまりに気持ちよくて熟れ襞がきゅうきゅう肉茎を締めてしまう。

「ああ熱くて締まるな――」

マルスランが背後で心地よさげにため息をつくのが嬉しくて、またたまらなく感じ入ってしまう。

マルスランがずん、と軽くひと突きした。

「んあっ」

その衝撃で軽く達してしまい、エディットは背中を弓なりに仰《の》け反《ぞ》らせて喘いだ。

「もう達《い》ってしまったのか？　感じやすいな」

マルスランがくぐもった声でつぶやき、少し腰を引いて、子宮口の少し手前のぷっくり膨れた天井部分を突き上げてきた。熱い愉悦が弾け、脳芯が真っ白に痺れた。

「あああっ、あ、そこ、やぁっ」

エディットは思わず腰を引こうとした。そこを攻められると、際限なく達してしまうのだ。我を忘れてしまいそうで、それが少し怖い。

「なぜだ？　ここが好きだろう？」

マルスランは両手でエディットの尻を手前に引き寄せ、同時に腰を前にずん、と押し出した。さらに奥まで抉《えぐ》られ、目の前が快楽でちかちかした。

「っひゃ、あぁあっっ」

「そら、ぎゅうぎゅう締めてくる」

マルスランが肉槍で蜜壺《みつつぼ》の最奥をがつがつと穿《うが》ってきた。

「だ、め、あ、達っちゃ……あ、達っちゃうっ」

エディットは全身を波打たせて、甲高《かんだか》い嬌声《きょうせい》を上げた。

「もっと達きたいだろう？　達かせてやろう」

マルスランが腰の角度を変えては、エディットの弱いところを執拗《しつよう》に攻め立てた。

「はぁあ、あ、や、あ、気持ち、いい、あ、気持ち……いいっ……」

快楽に理性が粉々にされ、メスの本能が剝き出しになっていく。

粘膜の打ち当たるぱつんぱつんという淫らな音が響く。

「もっと感じて、もっと乱れろ」

マルスランは繰り返し肉棒で内壁を掻き回しながら、股間の前に手を回し、愛液にまみれた指で勃起し切った肉芽をいじり出した。

「いやぁあ、ああ、そこだめ、あ、そこしちゃ、だめぇえええっ」

灼熱の剛直によってもたらされた重苦しいほどの快感に加え、秘玉による突き抜けるような鋭い快感が同時に襲ってきて、エディットは腰をのたうたせて何度も絶頂に飛んでしまう。

あまりに苛烈《かれつ》な喜悦に、手足から力が抜けてしまう。

窓枠を握っていた手が、ずるずると滑り落ちそうになる。

するとマルスランは、エディットの腰を抱え上げ、窓横の壁に押しつけてきた。そして自分の身体と壁でエディットを挟み込むようにして、さらにがむしゃらに腰を突き上げてきた。

「っ、くぁ、ひああ、あ、あぁ、だめえ、あぁ、おかしく……あぁ、あぁああん」

逃げ場のない快楽地獄に落とされ、エディットはただただ甘く悶《もだ》え泣く。

結合部から肉槍に掻き出された愛蜜がしとどに流れ落ち、新しく張り替えたばかりの絨《じゅう》毯《たん》に淫らな染みを作っていく。

「きつい、締まるな、エディット、また達くか？」

マルスランが乱れた息で耳元でささやく。

「あぁ、達くぅ、あ、終わらない……あぁ、達くの終わらないのぉ……っ」

エディットは与えられる快楽に酔いしれ、全身をわななかせて喘いだ。

強く閉じた瞼《まぶた》の裏で、愉悦の真っ赤な火花が飛び散り、目尻から感じ入った涙が溢れていく。

「ん、んんん、あ、あ、あ、も、あ、も……ぅ」

絶頂の間隔がどんどん狭まり、ついには達したまま下りてこられなくなった。

「や、やぁ、やぁもう、あ、だめ、死んじゃう、死んじゃう、からぁっ」

エディットは唇を震わせ、逼迫《ひっぱく》した表情で声を限りに啼《な》いた。

直後、快楽にうねる濡れ襞がひときわ強く収斂《しゅうれん》した。

「ああ、あーーっ、ああぁぁぁっ」

意識が飛ぶ。びくびくと腰が痙攣《けいれん》する。四肢が硬直した。

頂点に達したまま、そのまま喜悦の高波に攫《さわ》われていく。

同時に、マルスランがくるおしげに呻《うめ》く。

「く――っ、出すぞ、あなたの中に、全部――っ」

エディットの胎内で雄茎が弾け、びゅくびゅくと熱い欲望の精を吐き出す。

「あ、あぁ、あ、熱いの……いっぱい……ぁああ、あ……」

頭の中が空白になり、エディットはぐったりと脱力してしまう。

頽《くずお》れそうなエディットの身体をしっかりと抱きかかえ、マルスランは二度、三度と腰を穿ち、白濁《はくだく》液の最後の一滴まで膣内に注ぎ込む。そして満足げに大きく息を吐いた。

すべてを与えすべてを奪い合った二人は、深く繋がったまましばらく身動きもできなかった。

「……は、はぁ……は……ぁ」

「は――あ――」

互いの忙しない呼吸と速い鼓動を感じている。

やがて、ゆっくりと萎《な》えたマルスランの欲望が抜け出ていく。

とろりと大量の白濁液が溢れてきて、太腿の下まで淫らに伝っていく。

「ああ……マルスラン様……」

エディットは彼の腕に抱きかかえられたまま、気だるげに顔を振り向けた。

そこには同じように快楽に酩酊《めいてい》したマルスランの顔がある。

「……大好き、愛しています」

心からの愛を口にする。

マルスランは目を細め、優しく口づけで応《こた》え、甘く返してくれる。

「私も、愛している」

二人は汗ばんだ額をこつんとくっつけ、しみじみと幸せを噛みしめていた。

終章

「母上、父上、もう馬車が出ますよ。早く、早く」

今年五歳になる第一王子レオンが、城の玄関ホールではしゃいだ声で呼んでいる。

「今行くわ。レオン」

身支度を終えたエディットは、マチルドに手を取られながら、中央階段をゆっくりと下りていく。

そこへ、正面玄関の階段を上がって、マルスランが姿を現した。彼はレオンをひょいと抱き上げる。

「こら、少し落ち着きなさい。母上をせかしてはいけないぞ」

レオンは嬉しげにマルスランに頬ずりしながら、答える。

「だって、だって、外国に行く旅なんて、初めてなんだもん」

階段を下り切ったエディットは、微笑みながら二人に近づいていく。

「ふふ、実は母も初めてなのよ、レオン」

レオンが目を丸くする。

「そうなの？」

マルスランがレオンの頬を優しく撫《な》でた。

「そうだよ。母上は結婚したばかりの頃、この国のために新婚旅行を断念したのだ。だから、今回の海外旅行はその代わりなんだ」

「そうなのよ。だから、私もレオンと同じくらい実はウキウキしているのよ」

エディットは頬を染めて笑う。


あれから五年の月日が経った。

エディットは無事二十歳の誕生日を迎えた。呪いはすっかり解けており、エディットの身にはなにも不吉なことは起こらなかった。

その直後、懐妊が判明したのだ。国中が祝福と喜びに包まれた。

国王夫妻の尽力と、オリオール国王やカルロの支援で、カルタニア王国は見事に復興を遂げた。そして、前よりもいっそう国は豊かに栄えている。

マルスランは、国が落ち着きレオンが長旅に耐えられる年齢になったのを機会に、国際交流を兼ねて王家で海外旅行に出掛けることにしたのだ。

マルスランは片手でレオンを抱き、もう片方の手をエディットに差し出した。

「では行こうか、我が妃」

「はい、陛下」

エディットは右手を彼の手に預けた。背後にマチルドが付き従う。

三人でゆっくりと玄関階段を下りていくと、護衛の騎馬兵団に囲まれ、大型の王家専用の旅行馬車やお供の侍従たち用の馬車が並んでいる。

階段前に、カルロが立って出迎えた。彼の肩にはプラーテがちょこんと止まっている。

プラーテはすっかりカルロになついて、いつの間にか彼の相棒のようになっていた。

「陛下、王妃殿下、そしてレオン王子殿下、どうぞ道中お気をつけて」

「あ、カルロ、行ってくるね。おみやげ、楽しみにしていて」

普段からカルロになついているレオンが、はしゃいだ声を上げる。

カルロはゆっくりと三人に近寄ると、頭を深々と下げた。

「ちょうどよい機会です。私はそろそろ、また修行の旅に出ようと思います」

マルスランは鷹揚《おうよう》にうなずいた。

「そうか。あなたは生来の放浪者だからね。止めはしない。元気でいてくれ」

レオンが悲しそうな声を出した。

「えー、カルロ、行ってしまうの？　やだよお、寂《さび》しいよ」

マルスランが宥《なだ》めるようにレオンの頭を撫でる。

「レオン、カルロはお前に助けが必要なときには、いつでも戻ってきてくれるよ」

カルロが涼やかに微笑む。

「その通りです。私とレオン様は、ずっと友だちですよ」

レオンは頬を染める。

「ずっとだよ。約束だよ」

マルスランがレオンを促した。

「先に馬車に乗せてあげよう」

マチルドがレオンに手を差し出す。

「レオン王子様、マチルドもお供いたしますよ」

「うん」

三人が馬車に向かうのを見てから、エディットはカルロの手をぎゅっと握った。

「カルロさん、あなたのおかげで私の今の幸せはあります。心から感謝します」

カルロは首を振る。

「いいえ、この幸せは、王妃様がご自身で手に入れたものですよ。どんな運命にも負けない、強くしなやかなあなたのお心があったからこそです」

エディットは少し涙ぐんだ。

「どうか、お元気で。プラーテをよろしく頼みます」

プラーテが明るく囀《さえず》った。

「カワイイエディット、アイシテイル」

エディットは思わず笑ってしまう。

「ふふ……」

そのとき、ハッと気がつく。

「そういえば、プラーテはずっと元気ね。それは嬉しいけれど、マルスラン様は短命だっておっしゃってたのよ。どうかプラーテのこと、よく気をつけてあげてね」

カルロが少し悪戯《いたずら》っぽい笑みを浮かべた。

「王妃様、この鳥は幻獣と言われる、魔力を有した長命種ですよ。少なくとも、あと五十年は生きると思いますよ」

「えっ⁉」

「きっと国王陛下は、あなた様にプラーテに潜《ひそ》む魔力で生きる力を与えるために、贈られたのでしょう」

「――そうだったのね……」

あのときのマルスランの気持ちが、今では痛いほどわかる。

「母上、もう出発しますよー」

馬車の窓からレオンが顔を覗かせて呼んだ。馬車の横にはマルスランがにこやかな顔で立っている。

「今、行きます」

レオンに応《こた》えてから、エディットはカルロを振り返る。

「ありがとう。また会いましょう。よい旅を」

カルロが応えた。

「はい、よい旅を」

エディットは踵《きびす》を返して馬車へ向かった。

マルスランが右手を差し出す。

「行こう、エディット」

「はい」

二人は馬車に乗り込んだ。

「出立だ！」

マルスランが窓から顔を出して声を掛けると、馬車と護衛騎士団がいっせいに動き出した。

「行ってきます、カルロ！」

レオンが玄関前のカルロに手を振った。

カルロが手にした杖《つえ》を軽く振る。

するとキラキラ輝く光が天から降り注ぎ、首都の上に大きな虹が架かった。

「わあ、母上、虹です！」

レオンが歓声を上げる。エディットも窓から顔を覗かせ、天を仰《あお》いだ。

「まあ、なんて綺麗《きれい》！」

マルスランがエディットの後ろから顔を出し、眩《まぶ》しそうに虹を見上げた。彼は嬉しそうにつぶやく。

「私たちのこれからの人生を祝福してくれているんだ」

エディットは愛情を込めてマルスランを見つめた。

「これからも、ずっと」

マルスランも力強く応える。

「ああ、これからも、ずっとだ」

あとがき

こんにちは！　すずね凜です。

今回の「二年後に死ぬ王女ですが、政略結婚した国王に溺愛されています」は、いかがでしたか？

自分の辛い運命に負けず明るく前向きに生きていくヒロインと、彼女を愛し全力で支えるヒーローの物語を、楽しんでいただけたら幸いです。


このお話のヒロインは、生まれる前の呪いによって余命が決められているさだめなのですが、この手の設定のお話を書くときには、私は決まって早逝した父のことを思い出します。

私の父は、寡黙で働き者の印刷工職人でした。幼い時の私の記憶には、朝から晩まで工場にこもって、インクと油だらけで印刷機を回していた父の姿が焼きついています。仕事一筋でしたが一方で子煩悩な人で、仕事の合間を見ては、子どもたちを運送用の車に乗せて、あちこちに遊びに連れ行ってくれたものです。

　私は子どもの頃から、口下手で内気で成績全般が悪く要領もよくなくて、毎日母に叱られて泣いてばかりいました。父は、そんな私を内心とても案じていてくれました。だから、私が物書きとして芽が出て、どうにか食べていけるようになったことを一番に喜んでくれていました。女性向けの読み物なのに、こっそり読んでくれていたようです。

　父は若くして末期癌に倒れ、余命三ヶ月と宣告されました。私は徹夜で仕事をしては、父の入院している病院に見舞いに行っていたのですが、毎回父は「締め切りがあるんだろう。もう帰れ。仕事だけはしっかりやれ」と言って私を追い返すのです。本当は、そばにいて欲しいだろうに、痛いくらい父の愛情を感じ、私は泣きながら病院から帰ったものです。

　湿っぽい話になったかな。でも私にとっては、父は今でも世界で一番の私の本の愛読者なのです。


　さて、今回も編集さんにはいろいろご迷惑をおかけしました。いつもナイスアドバイス、ありがとうございます。

　そして、色っぽく華麗な挿絵を描いてくださった、れの子先生に大感謝です。どのシーンもドキドキするくらい素敵です。

そして、この作品を読んでくださった皆様に、心よりの御礼を申し上げます。
また別の作品でお会いできる日を、楽しみにしております。

二年後に死ぬ王女ですが、政略結婚した国王に溺愛されています

Vanilla文庫

2023年7月20日　第1刷発行　定価はカバーに表示してあります

著　者　すずね凜　©RIN SUZUNE 2023
装　画　れの子
発行人　鈴木幸辰
発行所　株式会社ハーパーコリンズ・ジャパン
東京都千代田区大手町1-5-1
電話　03-6269-2883（営業）
0570-008091（読者サービス係）

印刷・製本　中央精版印刷株式会社

Printed in Japan ©K.K. HarperCollins Japan 2023 ISBN978-4-596-52152-1